COMO TER UMA VIDA NORMAL SENDO LOUCA

COMO TER UMA VIDA NORMAL SENDO LOUCA

NOVA EDIÇÃO DO BEST-SELLER

CAMILA FREMDER & JANA ROSA

Rio de Janeiro, 2024

Copyright © 2013 por Camila Fremder
Copyright © 2013 por Jana Rosa

Todos os direitos desta publicação são reservados à Casa dos Livros Editora LTDA.

Nenhuma parte desta obra pode ser apropriada e estocada em sistema de banco de dados ou processo similar, em qualquer forma ou meio, seja eletrônico, de fotocópia, gravação etc., sem a permissão do detentor do copyright.

Diretora editorial: Raquel Cozer
Gerente editorial: Renata Sturm
Editora: Diana Szylit
Copidesque: Mariana Gouvêa e Cinthia Dalpino
Revisão: Maria Fernanda Barreto e Renata Lopes Del Nero
Capa e projeto gráfico: Ale Kalko
Diagramação: Mayara Menezes do Moinho

Dados Internacionais de Catalogação na Publicação (CIP)
Angélica Ilacqua CRB-8/7057

F869c	Fremder, Camila
	Como ter uma vida normal sendo louca / Camila Fremder, Jana Rosa; prefácio de Gloria Kalil. – 2. ed. – Rio de Janeiro: HarperCollins, 2019.
	ISBN: 978-85-9508-606-7
	1. Mulheres – Usos e costumes - Humor I. Título II. Rosa, Jana III. Kalil, Gloria.
	CDD 305.4
19-1546	CDU 305.055.2

HarperCollins Brasil é uma marca licenciada à
Casa dos Livros Editora LTDA.
Todos os direitos reservados à Casa dos Livros Editora LTDA.
Rua da Quitanda, 86, sala 601A — Centro
Rio de Janeiro, RJ — CEP 20091-005
Tel.: (21) 3175-1030
www.harpercollins.com.br

A meu pai.
— Camila

A João e Odila, meus avós.
— Jana

Agradecimento
Gloria Kalil, você poderia ser só chic,
mas também é maravilhosa.

SUMÁRIO

Prefácio.. 11

Introdução.. 13

PARTE 1
Respeito, sucesso e superação................................18

Ensinamento #1: Como ser solteira e
respeitada pela sociedade.. 20

Ensinamento #2: O mundo da moda (ou
como se portar em um evento de moda
como se fosse alguém na moda, não
sendo ninguém da moda)..33

Ensinamento #3: A vida depois de ser tagueada em uma foto feia com muitos *likes* e comentários......43

Ensinamento #4: Como ser chique, casar com alguém cafona e continuar respeitada na sociedade...... 48

Ensinamento #5: Catorze maneiras de ter fama de *cool* enquanto só fica em casa vendo BBB......54

PARTE 2
Amor e relacionamentos...... **64**

Ensinamento #6: O fantasma da ex......66

Ensinamento #7: Como fazer com que ele termine com você...... 73

Ensinamento #8: Enfrentando o Dia dos Namorados — Um guia para solteiras e comprometidas......79

Ensinamento #9: Como terminar com sua melhor amiga...... 84

Ensinamento #10: Oito dicas para quando encontrar alguém que te deu um pé na bunda justamente quando você estiver sem batom vermelho e com roupas feias......93

Ensinamento #11: Nove desculpas para ir embora da casa de alguém que acabou de conhecer na balada.................................. 99

Ensinamento #12: Catorze maneiras de mostrar que é madura falando de relacionamentos.................................. 105

PARTE 3
Saúde e bem-estar.................................. **112**

Ensinamento #13: Guia da tatuagem errada......... 114
Ensinamento #14: Quinze técnicas para avisar que um amigo fede.................................. 122

PARTE 4
Vida profissional e finanças.................................. **128**

Ensinamento #15: O fora da firma.................................. 130
Ensinamento #16: Passou dos 28 e não se encontrou.................................. 141
Ensinamento #17: Como viver no cheque especial.................................. 152

PARTE 5
Influenciando pessoas.................................. **162**

Ensinamento #18: Dez maneiras de marcar jantares e almoços e nunca aparecer 164

Ensinamento #19: Como terminar conversas chatas de A a Z 172

Ensinamento #20: Manual da indireta 175

Ensinamento #21: Espantando pessoas no avião para que não falem com você 182

Ensinamento #22: Influenciando astrólogas e cartomantes 189

Ensinamento #23: Catorze maneiras de irritar alguém que você odeia mas finge que gosta 203

Ensinamento #24: O encontro da escola 208

Ensinamento #25: Como parecer intelectual sem ser 223

Ensinamento #26: A mentira nas redes sociais 229

LISTA DE DESCULPAS 235

PREFÁCIO

m livro de autoajuda para millennials? Nem pensar!

O que temos é um autorretrato feito por duas de suas mais inteligentes e engraçadas representantes.

Camila e Jana se conheceram — como só ia acontecer — pela internet. Foi conexão imediata e de primeiro grau.

Como ter uma vida normal sendo louca saiu de suas trocas de experiências, de afinidades e, mais do que tudo, de um corrosivo e psicanalítico humor. Nada, e nenhuma dificuldade da vida competitiva, dispersa, livre, densa, urbana e moderna, escapa ao olhar dessas duas bonitinhas que tinham também em comum o gosto pela escrita. Todas as situações mais divertidas, humilhantes ou arrebatadoras, do cotidiano dessa geração que vai se aproximando dos trinta, são tratadas e dissecadas com uma lupa cor de pêssego, mas desconcertante, invasiva e cruel como um spray de pimenta.

Elas falam com ironia, distanciamento e conhecimento de causa; a sensação é de que todas as situações foram vivenciadas ou ao menos observadas muito de perto por cada uma delas.

O panorama é tão completo, tão bem observado que acaba — de fato — dando dicas para quem precisa, como promete o abusado subtítulo. As autoras ajudam a entender as dificuldades e as ansiedades dessa geração tão cheia de possibilidades e conflitos.

Jana Rosa e Camila Fremder são lindas, jovens e talentosas, mas... deixam claro que não está fácil pra ninguém!

Gloria Kalil
Outubro de 2013

INTRODUÇÃO

Escrevemos este livro em 2012. Você acredita que já se passaram sete anos desde que marcamos uma reunião em um bar e combinamos de fazer uma piada com autoajuda? Que a piada rendeu um trabalho de nove meses na sala da Camila, pedindo pizza e tendo ideias malucas? A gente nem precisa dizer que muita coisa mudou nesse tempo: naquela época não tinha aplicativo de comida e pra pedir pizza você tinha que ligar no delivery. Naquela época as editoras nem pensavam em lançar livros de youtubers e famosos do Instagram, muito menos de duas minas loucas que, no máximo, davam umas tuitadas. Levamos alguns nãos, mas isso não abalou nossa autoestima. Sempre soubemos que um dia estaríamos entre os mais vendidos das livrarias e também no sofá do Jô Soares, e estivemos nos dois.

 E só por essa frase você já vê como este livro é *vintage*, porque nem programa do Jô Soares existe mais. Só existe, infelizmente, no YouTube, onde você pode ver a pior entrevista que o Jô Soares já fez. E faz tanto tempo que a entrevista "Jô Soares Camila Fremder Jana Rosa search" foi ao ar que nem lembramos mais se estávamos dopadas naquele dia. Mas lembramos dos comentários da mãe do Claudinho, que nos encontrou no shopping e disse: "O que aconteceu no Jô Soares? Vocês estavam péssimas!". Também sempre acreditamos que este livro ia virar uma peça de teatro, e até chegamos a escrever uma peça em 2015, mas todo mundo nos dizia que era impossível captar verba porque era o pior momento da economia no Brasil. Corta para 2019. Hahahaha! E não é que ele virou peça?

 Esse é o motivo especial pelo qual este livro ganhou uma nova edição, que não é qualquer edição.

Encontramos uma mulher taurina chamada Monique Alfradique, que aprendeu com a Xuxa a nunca desistir dos seus sonhos. Sim, porque ela, caso vocês não saibam, foi paquita, e vamos dar agora cinco minutos para você entrar no Google e digitar "Monique Alfradique Paquita".

Pronto? Então vamos voltar para o signo de nossa amiga Monique, atriz e comediante maravilhosa, que é de touro, do elemento terra, uma pessoa que tem estabilidade e propósito, que foca em uma coisa e consegue trabalhar por ela. Foi a Monique que pegou este livro na mão e disse: "Eu vou fazer uma peça de teatro". E ela foi lá e fez. Xuxa deve estar orgulhosa, e torcemos pra ela ir à pré-estreia e a gente finalmente se conhecer.

Outro motivo muito especial desta nova edição é que nestes sete anos nós mudamos muito e paramos de usar os filtros Valencia e Brannan no feed do Instagram. E começamos a usar o filtro Paris nos Stories. Brincadeira. Agora vamos falar sério. E aproveita que esta vai ser a única vez na nossa vida que vamos falar sério. Além do amadurecimento normal que sete anos causam em uma pessoa, foram anos de grandes mudanças culturais e comportamentais no Brasil e no mundo, que nos deram acesso a muitas informações, vivências e conhecimentos. Que nos fizeram perceber que grande parte das piadas que a gente fazia, direto do nosso lugar de privilégio, onde pensávamos que estávamos só rindo de nós mesmas, eram muitas vezes ofensivas.

Já faz um tempo que estávamos incomodadas com partes deste livro, que naquela época a gente jamais pensaria que podiam não ser legais, e hoje a gente tem certeza de que não eram legais. Só o tempo, a maturidade e a oportunidade de aprender nos fizeram entender isso. Reeditando este livro, decidimos deixar só o que achamos legal e engraçado de verdade. Deixamos aqui também documentado que não concordamos mais com as partes do livro que foram excluídas: elas não são engraçadas e pedimos desculpas se ofenderam você. E se você nos achou cretinas depois de ler aquelas partes, você tinha razão.

Sempre é tempo de aprender e mudar. E a gente gostaria também de deixar aqui essa dica em forma de indireta que funciona com todo mundo, mas infelizmente nem todo mundo vai usar. Desculpem, mais uma indireta, principalmente se seu nome começa com a letra M. Meu Deus, mais uma indireta, mas é que realmente tem gente que nem escrevendo em um livro aprende, e depois não adianta vir correndo atrás.

Quem não te conhece que te compre.

Desculpem este final, acabamos perdendo o foco e direcionando para umas quinze pessoas, e vocês sabem quem são.

Ah, antes que a gente se esqueça, aí vai mais uma profecia, já que acertamos os mais vendidos, o Jô e a peça de teatro: vem filme aí! E uma de nós vai beijar o Selton Mello em breve.

Ah, antes que a gente se esqueça (2), conversamos com você como se você fosse mulher-cis-heterossexual, mas as situações servem para todos os gêneros e orientações sexuais — adapte os "os" e "as" como achar melhor. E não esqueça que este é um livro de humor, para você rir e achar tudo muito absurdo.

Respeito, sucesso e superação

• ENSINAMENTO #1 •
COMO SER SOLTEIRA E RESPEITADA PELA SOCIEDADE

ocê pode ser mal-humorada a maior parte do tempo, fedida, tocar músicas intermináveis na gaita ou ser cantora de musical chato. Pode gostar de *cupcake*, ser blogueira de moda e falar sobre o look do dia ou até ter 28 anos e agir ou se vestir como se tivesse 12, e ainda assim pode ser respeitada pela sociedade. Mas o que você não pode é ser solteira. Quando você está solteira é que aprende a ser julgada.

Nos dias de hoje, ser solteira pode significar dar satisfações o tempo todo, para todo mundo, e, por mais que você não concorde, as pessoas vão sempre te olhar como se você tivesse uma doença contagiosa e vão fazer de tudo pra tentar te curar desse mal. É um complô do universo. Por exemplo, a maioria dos pratos de restaurantes foi feita para duas pessoas, porque todos namoram, até mesmo os animais, que vivem acasalando.

As redes sociais em geral fazem questão de avisar a todos quem está em um relacionamento sério, quem casou e quem noivou, e qualquer amigo que vai casar te perturba perguntando se você vai levar um acompanhante. Fora que o Instagram traz fotos perfeitinhas de casais que parecem ter nascido do conto de fadas. Sem falar de sua família, que só quer saber quando você vai casar e quando vai ter filho, e no último capítulo de qualquer novela todo mundo casa, tem filhos e é feliz. Qualquer comédia romântica mostra que ter um namorado, um parceiro ou um marido é a única opção de final feliz.

Além disso, o calendário contribui para você ser ainda mais hostilizada se não tem namorado. Em janeiro, para ser uma vencedora, você tem que curtir praia com seu namorado, que passou o réveillon junto com você e vários casais amigos. Nessa viagem de janeiro, todos já combinam uma viagem de casais no Carnaval, o trauma de fevereiro. E você que não fez nada disso — ir à praia com seu namorado em janeiro, porque obviamente estava solteira o tempo todo — é o resto da sociedade.

Em março, se você está solteira, é porque não arrumou nenhum cara que terminou com a namorada pra ficar com você no Carnaval. É como se você fosse uma impotente da sedução nessa época. Abril é o mês que você tem que arrumar um namorado, pra ficar com ele por dois meses sem rotular, pra virar namorado quando ele te convidar pra jantar só no Dia dos Namorados, em junho.

Isso sem falar em maio, que esfrega na sua cara o mês das noivas, e você tem que ir a vários casamentos cafonas e aguentar as pessoas te chamando na hora do buquê. Aí você senta à mesa com crianças e velhinhos, já que é a única solteira, e percebe que está a fim de quatro amigos do noivo; mas todos estão há dez anos com a primeira namorada da escola ou com o novo *date*. Em junho, julho e agosto você enfrenta o frio e o preconceito por não ter ninguém pra dormir de conchinha. Suas amigas, que tinham pena de você até agora, simplesmente param de sair com você porque estão com frio, armando fondues em casal.

Setembro não precisa nem falar, é o mês da primavera. E você não vê beleza nenhuma nisso, pois odeia primavera, flores e felicidade. Essa época só te lembra que não tem ninguém pra te dar flores e que não tem felicidade alguma, pois a única felicidade do mundo, segundo a sociedade, é ter um companheiro.

Aí vem outubro e começa o pesadelo maior: todos combinam o réveillon e seus amigos te olham com pena, pois você, caso queira viajar com eles, vai ter que pegar um quarto sozinha e pagar mais, ou não vai ter ninguém quando chegar a meia-noite e todos se beijarem felizes.

Logo chega novembro e você se dá conta de que não deu tempo de encontrar ninguém pra passar o réveillon com você. Aí você começa a perceber que vai ter que aguentar dividir o quarto com alguma amiga chata que sobrou ou ir a um réveillon de solteiros, em que geralmente tem vinte pessoas, e só com duas você consegue conversar sóbria, dividindo uma casa com dois banheiros, sendo que em um a privada entope no segundo dia. Uma dessas pessoas se acha cabeleireira e convence você a fazer luzes na piscina, e seu cabelo fica uma porcaria. Resultado: além de solteira você fica com o cabelo feio, outra coisa que a sociedade não aceita muito.

Sobra só um hétero na casa, e ele é chato, e acha que só porque está rodeado de mulheres solteiras tem o direito de assediar todas. O cara às vezes até pega três, uma escondida da outra. Se você tiver azar vai ser uma delas. Mas logo depois do réveillon ele te diz em tom de seriedade que o relacionamento de vocês foi só naquela viagem, e que ele tem alguém no trabalho. O fato é que esse alguém também pode ser um Carnaval que ele já planeja passar sozinho.

E o seu réveillon-pesadelo é fichinha perto do que foi seu Natal, com outro ano de interrogatório familiar. Sua prima mais tosca ganha uma joia do namorado, que você tem certeza de que a trai com qualquer uma do trabalho. Sua avó pergunta pra ele se ele não tem nenhum amigo pra te apresentar e você aguentando comentários de todos da sua família, mesmo daqueles que a veem uma vez por ano, e ainda perguntam por que você está solteira.

Sua avó diz que você deveria aprender a cozinhar, pois acredita que relações só podem existir entre homens e mulheres e que homem se prende pelo estômago; sua tia mala diz que você deveria dar uma emagrecida e te mostra a barriga perfeita dela, que tem 37 anos a mais que você; e o seu tio que não entende nada de moda opina sobre a sua roupa e faz um comentário preconceituoso na mesa sobre alguma minoria. Você sente mais ódio dele por ser casado do que por ser preconceituoso. Você chegou ao nível mais baixo da vida.

ENFRENTANDO A REALIDADE: PESSOAS TENTANDO TE APRESENTAR ALGUÉM

Todo mundo quer te apresentar alguém, todos os dias. Você sabe que é roubada, afinal, se seus amigos tivessem amigos solteiros, gatos e interessantes, você seria a primeira a saber. Mas eles insistem e armam verdadeiras ciladas. Te convidam pra ir ao bar e você acha que é um encontro inocente entre amigos mas, quando chega lá, tem um cara nada a ver com você, solteiro, com profissão chata e sem assunto, roupas feias e que te olha como se o jogo já estivesse ganho.

Já é difícil dar um fora em alguém; dar um fora em alguém sendo fina, na presença de vários dos seus amigos, que acham que só porque você é solteira tem que pegar todos os amigos solteiros deles, é praticamente impossível.

Não existe carona quando você é solteira; todo o seu salário é gasto em táxi ou uber, porque sempre que você pega carona com um cara solteiro, ele acha que por obrigação você tem que ficar com ele, como se o caminho até sua casa custasse sempre uma "pegação", e como se todas as mulheres do mundo fossem hétero.

O LIMBO DAS SOLTEIRAS

Quando você é solteira, pode acontecer a maldição de cair no limbo das solteiras, ou seja, você fica pra sempre se relacionando com alguém que a vê como intermediária entre o namoro passado e o próximo namoro. A solteira que fica com os caras quando eles terminaram um relacionamento de muito tempo e estão a fim de curtir a vida, mas que nunca assumem, pois estão emocionalmente indisponíveis e só querem se divertir. Logo que a solteira intermediária se cansa e cai fora, o cara, que não queria nada com você, arruma uma namorada em três dias e a leva pra festa de oitenta anos da avó no primeiro mês.

Uma vez no limbo das solteiras, você sempre é dispensada nos piores momentos da vida. Combina de sair com alguém no sábado, ele some e te deixa arrumada, vendo séries até duas da manhã. O domingo, que já é a sina das solteiras, vira um dia pior ainda, porque é o dia seguinte do fora. Leva foras estrategicamente uma semana antes de eventos em que precisaria ir acompanhada, tipo uma festa em que seu ex-namorado, casado com uma produtora de cinema premiada que fala sete línguas e ainda é supersimpática com você, vai estar. Você acaba indo sozinha e com o vestido apertado, porque passou sete dias comendo brigadeiro e pizza, depois do fora que levou daquela pessoa que acreditava que você seria a solteira intermediária na vida dela.

Sempre que a solteira que vive no limbo das solteiras está mal e liga a TV, está passando uma comédia romântica ou casais estão se beijando e sendo felizes. Sempre que a solteira que vive no limbo das solteiras liga para um delivery, ouve que o restaurante parou de entregar há dez minutos e que não abre exceção. Quando ela vai até o restaurante, na larica por um doce, ouve que acabou a torta de limão. Essa solteira é sempre perseguida. Se abre o Instagram, lá está todo mundo ostentando o anel de noivado, o pedido de casamento, a história perfeita, esfregando na sua cara sua atual situação. Estar no limbo das solteiras é acordar desejando vida nova na segunda-feira, pra entrar na depressão na sexta-feira. Fazer cinco dias de dieta, pra comer a panela inteira de brigadeiro no domingo.

Se você é solteira e se identificou com isso, saiba que não está sozinha, existem milhões como você nesse minuto. Não tem nenhum problema em ser solteira, apesar de todos tentarem te convencer do contrário. Muitas vezes os casados também podem invejar a vida dos solteiros e se vingam fazendo você acreditar que ser solteira é muito pior do que realmente é. Então o segredo é aproveitar sua liberdade, seguir as nossas dicas e jamais aceitar carona dos malas dos amigos solteiros dos seus amigos. Trabalhe mais, pois esse táxi que você gasta vale a pena.

SOLTEIRA SIM, RESPEITADA TAMBÉM

Pra ser uma solteira respeitada, você tem que ter um trabalho importante, ou fingir que tem. Pareça ocupada o tempo todo. Mais chique do que ter um namorado é não ter tempo para ter um namorado. Qualquer coisa que te perguntarem, responda: preciso olhar minha agenda. Mesmo que você não tenha agenda.

Tente se ocupar, faça coisas pra você: aulas, academia, dança, trabalho em ONGs. Invista seu tempo e dinheiro em você, já que é a sua principal companhia. Além disso, todo mundo sabe que, quanto mais você sair de casa para fazer coisas interessantes, mais pessoas interessantes pode conhecer.

Faça uma poupança para carência emergencial: no caso de levar um fora, você tem que ter um dinheiro separado para mimar um pouco a si mesma. Por que não? Também é importante que essa poupança conte com recursos para chantagear seus amigos. Quando se sentir sozinha, você diz coisas como: "eu pago seu táxi", "seu jantar", "o bar", "a balada" ou até "sua passagem".

Você não precisa enfrentar o pesadelo do fim de semana sozinha se é solteira: simplesmente não saia de casa no fim de semana. Mas para ser respeitada sem sair no fim de semana sendo solteira, saia todos os dias da semana: *happy hour*, lançamentos de lojas, aniversários, estendendo para bares e baladas. Assim, quando o fim de semana chegar e todos os casais lotarem os restaurantes, se amando muito enquanto dividem um *petit gâteau*, a sobremesa mais cafona que existe, você alega que está de ressaca e que não vai sair da sua cama nem que te paguem.

Quando você passa o fim de semana em casa, fica difícil ser uma solteira respeitada pelos porteiros, que veem você pedir macarrão no delivery. Mas há duas maneiras de eles te acharem mais chique: sempre descer para buscar a comida com uma cara péssima e dizer que está com tuberculose ou alguma doença grave, para eles entenderem porque você não saiu no fim de semana; ou sempre descer com livros e teses de doutorado na mão, para mostrar que você é tão *workaholic*, ocupada e letrada que nem teve tempo de sair.

Selecione muito bem seus amigos se quiser ser uma solteira respeitada. Pode começar contratando alguns, caso tenha um evento muito importante. Eles podem atuar como namorados, paqueras, assessores, ex-namorados *stalkers* que você leva a um pub pra todos verem que o motivo de você estar sozinha talvez seja trauma. Tenha amigas prontas pra caça, para te chamarem pra sair e piriguetear, porque nada estraga mais a vida de uma solteira do que só ter amigos casais. Você também pode não sair de casa e fingir que está indo a festas exclusivas, que amigos imaginários te chamaram. Fotografe taças, garrafas, poste em redes sociais e escreva frases como *"having fun"* e *"having a good time"*. Sempre funciona.

Priorize amigos que te valorizem como solteira. Por exemplo, vocalistas de banda de rock: sempre vão preferir amigas solteiras, que possam ficar com eles e com todos os *roadies*. Caras e minas de 23 anos, mais novos que você, que te achem maluquinha por ser solteira, porém com mais dinheiro que eles, porque trabalha. Mas preste atenção, porque esses dois tipos são irritantes e não têm assunto, então só funcionam pra saídas breves, quando você quer se sentir jovem e disputada.

Outra coisa muito importante: jamais ande com pessoal que pratica *swing*, eles vão ter muito preconceito por você nunca ter ninguém para levar. E, na dúvida, tenha mais colaboradores que seus amigos casados, para se gabar quando conversar com eles. Assessor, *stylist*, maquiador, governanta e personal são o mínimo. Humilhe qualquer amiga que te contar que o casamento está em crise dizendo: "Acho que vou terminar com meu assessor, ele não está trabalhando bem minha imagem. Demora uma eternidade para responder meus e-mails, e você sabe, amiga, tempo para mim é muito precioso".

• ENSINAMENTO #2 •

O MUNDO DA MODA
(OU COMO SE PORTAR EM UM EVENTO DE MODA COMO SE FOSSE ALGUÉM NA MODA, NÃO SENDO NINGUÉM DA MODA)

Pra começar, você precisa saber que mais de 80% das pessoas que estão em um evento de moda não são nada, mas acreditam que são alguém muito especial. Alguém extremamente relevante, diga-se de passagem. Por aí já começa a primeira lição: o importante é acreditar, sempre!

E pra que isso funcione, você não pode estar vestida de qualquer maneira, muito menos pode agir naturalmente. O ideal é que você sempre se vista como nas fotos de *street style*, mesmo que pra isso você precise parcelar em doze vezes uma peça ou pedir a grana emprestada (ou quem sabe alguma amiga maluca não rouba uma peça dessas para você? Brincadeira!).

Tem gente fanática por ir a desfiles e pegar os brindes. Especialistas em presentinhos de fila A, eles preferem levar sacolinhas a pastinhas com release. Primeira fila que se preze tem que ter uma cena de roubo. Mas saiba que os loucos por brindes de desfile são desprezados pelos fashionistas, afinal, a melhor parte de ver o desfile sempre é abrir sua sacolinha e ver que veio um *cupcake* para comer enquanto espera o atraso de uma hora e quinze de *catwalk*.

Fica aqui mais uma dica: para ser alguém na moda, despreze os caçadores de brindes de desfile, mas seja amigo de um deles em segredo para que ele pegue uma sacolinha extra caso você não possa comparecer no desfile X, ou caso não tenha sido convidada.

Além disso, você também tem que saber que a marca que te ama hoje te despreza amanhã. E não é fácil para um fashionista perceber que a fila A andou. Para isso é preciso ficar sempre atualizado: usar looks de blogueiras famosas, ter amizade com a galera do *mailing* (mas amizade mesmo, convide pro seu aniversário, pro batizado do seu priminho, pra *open house*, pra comer pizza na sua casa, pra ver o último capítulo da novela, tudo de forma que, quando rolar a semana de moda, eles se sintam mal se não te convidarem para assistir a tudo em uma cadeira de destaque).

Pra ser alguém na moda você precisa, sempre que perguntada, ou até mesmo quando não for perguntada, afirmar que recebe em torno de duzentos e-mails por dia. Interrompa toda conversa, se possível, para atender uma ligação, mesmo que ela seja fictícia. Fale de entradas vips, nomes em lista, festas de temporada exclusivas, chame toda festa de melhor festa do ano, prometa convites e pulseirinhas vip de festas pra todo mundo com quem você conversar. É muito descolado arrumar entradas em festas.

Passe o desfile inteiro olhando o Twitter e o Instagram. Depois comente no Twitter que você odeia o Twitter e que ele é *so last season*, que só gente ridícula ainda cria *hashtags* e tuíta o que pensa, pois ninguém está interessado em ler o que os outros pensam. Nunca deixe ninguém perceber que você está interessada em saber o que os outros pensam. Um pesadelo para o fashionista é admitir que ele liga, sim, para o que os outros pensam dele. Você tem que ter uma atitude super *I don't care*, de preferência misturando idiomas em tudo o que pensa, diz, tuíta e nos seus textos sobre as coleções que acabou de ver.

Ah, você não precisa escrever em revista, site ou blog para ser comentarista de desfile. Divida suas opiniões em redes sociais e em voz alta, sempre que puder. Fale com muita propriedade, coloque as palavras "acabamento", "alfaiataria", "transparência velada", "DNA da marca" e "ar setentista" em tudo que disser. Assim vai parecer uma intelectual da moda.

É muito importante que você se considere intelectual, pois as pessoas da moda já foram muito julgadas na vida e eram acusadas de serem fúteis, então elas precisam sempre provar que podem comentar uma nova decisão do governo, uma aliança política, um cessar-fogo, uma exposição de arte, um filme cult que ninguém vai ver, um livro de cabeceira, um livro de cabeceira de um escritor irlandês ou uma tese de doutorado.

Corra pelo evento de moda, de uma sala de desfile pra outra, mostre que você é corrida e ocupada, porque tem que assistir a todos os desfiles, mas corra com o celular na orelha de preferência, como se você tivesse que liberar alguém muito importante na porta da sala do desfile ou do *lounge*. Sempre que alguém tentar te cumprimentar fale: "Oi, querida, já falo com você, é que tô correndo", e saia correndo, mande beijos no ar pra pessoa, enquanto dá tchauzinho, daqueles que abre e fecha a mão.

COMO ENTRAR EM QUALQUER *LOUNGE* NA SEMANA DE MODA

◐ **Chegue se fazendo de íntima da menina da porta,** cumprimente-a com beijinhos e comece a contar alguma história da noite passada ou diga que encontrou o Paulinho (todo mundo conhece algum Paulinho) e que vocês falaram muito bem dela, que é uma coincidência vocês se encontrarem hoje e pergunte se ela precisa de convite para a festa de hoje à noite.

◐ **Arrume algum amigo e finja que ele é seu assessor.** Ele deve ficar berrando ao telefone assuntos de contratos e comissões. É importante que ele pareça muito estressado a ponto de matar a pessoa, caso ela não te deixe entrar. Ele deve mandar a menina da porta chamar o Claudinho, assessor do *lounge* (todo *lounge* tem um assessor chamado Claudinho). Pode ser que essa não funcione, já que todo mundo faz isso, então quando você contratar um amigo para ser o seu assessor, contrate mais três pessoas para pedirem uma foto com você na porta do *lounge* e perguntarem: "Quando é próxima gravação?" (todo mundo fica deslumbrado com a palavra "gravação"). A menina da porta vai achar que você é alguma blogueira de moda famosa, vai sentir vergonha de não te conhecer e vai te deixar entrar.

◐ **Chegue carregando uma mala enorme** e diga que você é a DJ que irá tocar no *lounge*. Todos respeitam DJs com malas enormes.

COMO SER FOTOGRAFADA E SAIR NOS MELHORES BLOGS DE *STREET STYLE*

Acorde às sete da manhã e faça cabelo e maquiagem com um profissional, dê preferência aos coques ou cabelo solto, o importante é que sejam no estilo "podrinho", para fingir que você não acordou às sete da manhã para fazer aquilo. A maquiagem deve ter batom vermelho e muito iluminador, e você tem que fingir fumar na porta do evento. Isso mostra uma atitude blasé, de que você está no evento, mas não se importa com ele porque você tem o que fazer — fumar do lado de fora.

Abuse dos saltos, como se fosse supernormal ir a um evento de moda com um salto de doze centímetros e ter que ficar andando muito. Quando você notar que um fotógrafo está te olhando, vire a cara e o despreze, e faça uma pose meio corcunda à la Carol Trentini. Lembre-se de que tudo vai depender da roupa que você estiver usando, então, antes desse evento, pesquise todos os blogs de moda do mundo, e veja a roupa que as *it girls* estão usando, copie o look totalmente, independentemente da estação do ano.

Quando perguntada sobre seu estilo pelo fotógrafo de *street style*, responda *"I don't care about fashion"*. Dê uma risada jogando a cabeça para trás e pergunte se ele já tem os convites para a festa de hoje à noite. Outra ideia é contratar três amigos vestidos de *hipsters* modernos para fingirem que são fotógrafos de *street style*. Fique na porta com essa mesma atitude que nós ensinamos, sendo fotografada pelos três o tempo inteiro. É importante que eles briguem entre si por um melhor ângulo seu, como se não se conhecessem.

COMO CONSEGUIR SENTAR NA FILA A

Há uma coisa que muitas pessoas não sabem: assistir a um desfile da fila A é a mesma coisa que assistir a um desfile da fila F. Aliás, é muito pior, pois se você der risada da roupa horrorosa que acabou de passar, todos vão ver, porque você está em foco naquela luz. Além disso, é horrível conversar com a pessoa ao lado, já que é considerado falta de educação. E, pior, se você sentar na fila A, sem ninguém na sua frente e com aquela luz direta meio amarelada dos desfiles, qualquer cruzada de pernas mostra muito mais celulite do que a verdade.

Só que, mesmo assim, para um fashionista vale a pena esperar seis meses para sentar na primeira fila e mostrar para todos que estão naquela sala, até a fila F, que ele é de fato superior. O que não faz o menor sentido, pois quando você vai ao cinema as pessoas brigam para não sentar na fila A.

O jeito mais fácil de sentar nessa fila, se é que você faz questão de mostrar suas celulites e se sentir superior por quinze minutos, é esperar todos se sentarem e os seguranças começarem a mandar esvaziar a passarela, porque vai começar o desfile. Nessa hora as assessoras ficam desesperadas para preencher as cadeiras que sobraram e a luz começa a se apagar. É aí que você se senta em um buraquinho na fila A, coloca óculos escuros e finge que não é com você.

Saiba que pode ser que te expulsem — para isso é bom contratar três amigos para fingirem que estão te entrevistando, e é muito importante que algum deles pergunte o que é moda para você, enquanto outro pede para você descrever seu estilo.

O terceiro tem que pedir para você listar de onde é cada peça do seu look. Responda que a maioria é garimpada nos brechós pelo mundo e do resto você não lembra a marca, pois não liga para isso. Todos têm que elogiar o seu blog, pois se as assessoras acreditarem que você é blogueira deixarão você ficar. Talvez até te coloquem no lugar da Camila Pitanga e façam com que ela sente na fila F.

Pois é, como você pode ver, o mundo da moda é muito estranho mesmo.

• ENSINAMENTO #3 •
A VIDA DEPOIS DE SER TAGUEADA EM UMA FOTO FEIA COM MUITOS LIKES E COMENTÁRIOS

A vida nos prega peças e, do nada, quando você está lá tranquila vendo TV, ou quem sabe fazendo um miojo, o seu celular apita avisando que algum e-mail, alguma mensagem ou alguma notificação chegou, mas você faz a escolha errada e opta por terminar de ver o programa ou de comer o seu macarrão instantâneo primeiro. Aí já é tarde...

Na notificação que você ignorou por alguns minutos, estava o aviso de que você foi tagueada em uma foto da adolescência, e você sabe muito bem o que isso significa.

Pela quantidade de *likes*, aquela mensagem de texto que não foi respondida no sábado passado pelo seu *crush* se justifica. Pela quantidade de *likes*, você tem certeza de que o Facebook inteiro viu, incluindo os seus amigos e os amigos dos seus amigos, uma soma que é igual à população de muitos países do Leste Europeu.

E por mais que você desfaça a marcação do seu nome, rezando para que os últimos *crushes* que entram a cada dois dias no Facebook não tenham visto, o prejuízo já aconteceu. Pode ter certeza de que, quando isso acontece, é bem no dia que todo mundo está on-line atualizando a *timeline* em busca de preencher um vazio com fotos horríveis dos outros.

Pois é, depois de ler os comentários de pessoas espantadas porque descobriram que seu cabelo era muito diferente e seu nariz não era assim, você tem certeza de que sua vida está fadada ao fracasso. Mas não está! E tem muito mais coisas que você pode fazer nesse cenário desesperador do que procurar sua caixa de fotos antigas, escanear todas e taguear amigo feio por amigo feio, mesmo porque você vai estar feia na foto ao lado deles.

COMO FAZER COM QUE TODOS ESQUEÇAM QUE VIRAM UMA FOTO FEIA SUA TAGUEADA NO FACEBOOK

▷ **Assim que excluir a tag,** anuncie imediatamente na mesma rede social alguma notícia absurda relacionada a você, exemplo: "Uhuuu! Estou muito feliz por ser convidada pela NASA para ser a primeira brasileira que vai passear pelo espaço com tudo pago!!!". Com uma notícia dessa, quem vai lembrar da sua foto?

▷ **Comente na foto infeliz algo do tipo:** "É incrível pensar que dez anos depois disso eu conheci o Breno, homem da minha vida e pai dos meus filhos! NY, aí vamos nós!!!". Pronto, você pode ter tido uma adolescência com péssimas referências visuais, mas hoje em dia você tem o Breno pra te levar pra Nova York para fazer compras.

▷ **Mude o seu nome por alguns dias até a poeira baixar.** Depois você apaga a foto e volta a ser você mesma. O importante é não escolher nenhum nome muito marcante, do tipo Pâmela ou Núria. Escolha algo mais corriqueiro, como Fernanda Santos ou Dani Abreu.

◐ **Comente na foto, avisando seus falsos amigos** que te taguearam de que ocorreu um pequeno erro, pois aquela não é você, já que não morava no Brasil naquela época. Acrescente que, inclusive, nunca ouviu falar deles nem sabe como eles vieram parar nos seus contatos.

◐ **Cancele seu perfil por alguns dias e avise** seus amigos via Twitter e e-mail que sua conta foi *hackeada*, e que assim que o problema for resolvido você retornará. Esse tempo ausente vai fazer com que todos esqueçam o ocorrido e você terá tempo de manipular alguma imagem sua no Photoshop para usar como nova foto de perfil no seu grande retorno.

◐ **Lance uma polêmica nos comentários,** fazendo com que as atenções fiquem voltadas para a discussão e não para sua imagem. Critique uma decisão do governo, por exemplo, pois papos de política sempre geram briga. É só começar a frase com: "Porque na nossa época...".

◐ **Salve a foto e a manipule no Photoshop,** colocando a cabeça de outra pessoa da escola, de preferência alguém que não é muito lembrado pela turma. Poste a foto com a nova cabeça, tagueie todos e comente "Ué, aconteceu alguma coisa, porque a verdadeira foto é essa!".

ENSINAMENTO #4
Como ser chique, casar com alguém cafona e continuar respeitada na sociedade

O mais importante de se amar alguém é sentir o quanto essa pessoa te faz bem. Então, não importa se ela toca gaita, se ela fala na terceira pessoa, se ela só escreve em inglês nas redes sociais, se ela tem uma *fanpage* no Facebook mesmo sem ser famosa e fica convidando as pessoas para curti-la ou se ela sente tesão por cágados e tartarugas. Na hora que você decide se casar, o que interessa é você ser feliz ao lado dela.

Também é fundamental que seus amigos amem essa pessoa e a achem legal o suficiente para, se um dia vocês terminarem, ficarem em dúvida sobre com qual dos dois querem continuar a amizade. Eles têm que ser fãs do seu marido, do tipo que curtiria a *fanpage* dele, mesmo sem ele ser famoso.

Você tem que admirar muito quem você ama, mesmo se ele for cantor de musicais chatos e usar calça saruel e tiara. Você tem que, até mesmo, compartilhar fotos dele com orgulho e publicar declarações apaixonadas às oito da manhã, que mostram mais realismo na rotina do casal, além de ser ativa na *fanpage* dele, propondo debates e postando elogios.

Às vezes amamos pessoas cafonas. Acontece. Mas do mesmo jeito que você não pode perder seu estilo por estar namorando um cafona, ele também não pode perder o estilo cafona dele por estar namorando você. Você ama um cafona e cafona ele é: essa é a magia do seu relacionamento. Afinal, tem coisa mais cafona que o amor? O amor é cafona, aproveite!

O lado bom de namorar um cafona é que você sempre vai ser a mais chique, porque provavelmente a turma dele também vai ser cafona, e vai te achar minimalista, o que é muito chique e atemporal segundo a moda.

PEQUENA ENCICLOPÉDIA DE SOLUÇÕES RÁPIDAS PARA SOBREVIVER COM UM CAFONA A SEU LADO

◐ **Gosto musical:** não basta ser cafona e gostar de música ruim e duvidosa, ele precisa frequentar shows, onde encontra seus semelhantes e faz novos amigos para combinar de ir pra praia. Não precisa inventar desculpas e não ir junto, acompanhe-o em todos os eventos, porque é lá que você será sempre um peixe fora d'água, a mais chique. Além disso, se você vai a todos esses shows, mostra que você respeita todas as tribos, o que é muito chique, pois só os evoluídos conseguem viver em grupos diferentes, que fogem do seu padrão.

◐ **Quadros de *pop art*:** quando seu marido cafona quiser comprar um quadro de *pop art* da Marylin Monroe verde e roxo em uma feira de artesanato para colocar na sala, não pense duas vezes e comece a chorar, diga que está com infecção urinária e que precisa ir pro hospital porque também pode ser pedra no rim e a cirurgia é uma fortuna. Melhor economizar e não comprar essa tela.

◐ **Presentes horríveis:** quando você ganhar uma camisetinha *baby look* escrito "Princess" com strass pink, há duas opções: queimar com o ferro, porque é uma péssima dona de casa; ou dizer que é tão linda que só vai usar na intimidade, só com ele.

◐ **Companhia em eventos:** toda vez que encontrar alguém do universo chique enquanto estiver com seu marido cafona, e quiser disfarçar e despistar a pessoa, puxe assunto sobre a sua pós em pedagogia e fale sobre livros de jardinagem sueca. A pessoa vai querer sair tão rápido que nem vai notar que você estava acompanhada.

◐ **Cabelo horrível, parte 1:** quando ele aparecer de surpresa com luzes no cabelo, inspirado em pagodeiros dos anos 1990, grude um chiclete na cabeça dele enquanto ele estiver dormindo, para que ele tenha que raspar o cabelo imediatamente. Quando ele perguntar como aquele chiclete foi parar ali, diga que você estava lendo um livro na cama enquanto ele dormia e engasgou com um chiclete. Quando tossiu, não viu para onde o chiclete foi.

◐ **Cabelo horrível, parte 2:** comece a coçar a cabeça desesperadamente toda vez que falar com ele. Horas depois diga que acabou de receber uma mensagem de uma amiga contando que o cabeleireiro que fez as luzes no cabelo dele está com um surto de piolhos em seu salão. Como na casa de vocês a praga veio da cabeça dele, a única solução é ele raspar o cabelo, para que não sobre pra você cortar. Fique tranquila, porque assim que você disser que tem piolho, ele automaticamente vai acreditar e vai achar que também tem, pois piolho é psicológico e nasce de dentro da cabeça.

◐ **Pochete:** quando ele se animar com o verão e tirar a pochete do armário na hora de ir para a praia, contrate um amigo sem noção para passar correndo e roubar a pochete. Depois finja que encontrou os documentos e o dinheiro, por sorte, e comente o quanto é perigoso e visado por criminosos do litoral usar pochete.

◐ **Decoração:** cafonas sempre são muito apegados a decoração e adoram visitar feiras e lojas especializadas para piorar suas casas e infestá-las de móveis feios. Mas é muito fácil vetar qualquer coisa que ele resolver comprar, dizendo que afeta no *feng shui* do lar de vocês. E, pior, que afeta na área da prosperidade do *feng shui*.

◐ **O amor:** nada é mais cafona do que expor seu relacionamento em redes sociais com fotos, textos e declarações. Mas os cafonas são incontroláveis e precisam fazer isso o tempo todo, além de criar perfis de casal, com fotos dos dois e nomes tipo BrueThi, MáeLu, CacáeFer. A única solução nesse caso, infelizmente, é abrir mão também da sua existência virtual, inventando que tem um tio milionário que vai deixar a herança para você e que é muito perigoso se expor na internet.

• ENSINAMENTO #5 •

CATORZE MANEIRAS DE TER FAMA DE COOL ENQUANTO SÓ FICA EM CASA VENDO BBB

Hoje em dia todo mundo quer ser *cool*. Muito *cool*. Não basta ser legal, tem que ser legal em inglês, que é diferente do legal que usamos para descrever um amigo. O *cool* é o que existe de mais descolado, moderno e antecipado nas tendências.

Muito antes de aquele bar inaugurar, o *cool* já esteve lá e já sabe qual drinque vai pedir. Revista pra gente *cool*? Tem muita imagem-conceito e textos escritos em polonês. Música é o que os move, mas a banda precisa ter um nome enorme e em inglês, tipo Castors of the Balance of the Lizard ou

Stereo Roses Ghost Mother, e assim que essa banda vier tocar no Brasil, automaticamente eles já não gostam mais dela.

Nada pode ser mais *cool* do que falar que não aguenta mais uma balada, de que o lugar mudou e que a galera não vai mais pelo som. Aliás, nada pode ser mais *cool* do que sempre reclamar de tudo na vida. E ter o que falar sobre todos os assuntos, ter muita opinião (ou embasamento, uma versão *cool* para opinião).

Ser *cool* é sinônimo de mistério, porque ninguém nunca sabe se a pessoa *cool* é rica ou pobre, com o que trabalha exatamente, qual é de fato a sua turma e se é verdade que ela foi para a Suíça no fim de semana passado. Mesmo porque ela sempre tuíta ou fala metade em francês e metade em alemão, já que inglês é praticamente português para ela.

Os *cool* odeiam demonstração de afeto, pode reparar, eles estão sempre com seus amigos *cool* fazendo cara de quem está odiando estar com os seus amigos *cool*. Eles não bebem refrigerante — o chá é o novo refrigerante, por isso eles só bebem chá. Além disso, eles acham moto muito mais legal do que carro, só que eles mesmos constroem a própria moto, peça por peça, porque é muito chique ser meio mecânico.

Mas na verdade, todo mundo sabe, essas pessoas que se fazem de *cool* são sempre as que ficam em casa vendo BBB e comendo pipoca de micro-ondas. E existe programa melhor do que esse? Não! Por isso apoiamos os *cool* e suas atitudes em redes sociais e nos espelhamos neles para criar uma vida de mentira e conforto, em que comemos massa e tomamos vinho rodeados de amigos inteligentes que não existem.

Ser *cool* é um direito de cada cidadão, e esse direito está ao alcance de todos. Siga essas catorze dicas e pronto, quando menos esperar você vai estar pensando em russo, assistindo à TV alemã e comendo pratos asiáticos veganos, tudo ao mesmo tempo.

Dica 1

É necessário estar muito ativo nas redes sociais, porque você tem que provar o tempo todo que é *cool* com frases, fotos e críticas. Crie um ambiente *cool* on-line, que precisa de muito tempo e dedicação, mas deixe claro que é muito ocupado o tempo todo.

Dica 2
Crie cinco perfis *fake* que serão sua turma *cool* para interagir com você e pensar da mesma maneira que você. Afinal, eles são você. Um sempre tem que ser crítico de arte; outro é *chef* de cozinha que revisita receitas da culinária brasileira; um é dono de pousada ou resort e vive viajando; e outra ganha a vida como DJ em Ibiza. O quinto é o Henrique, que morou oito anos em Londres e é designer gráfico, a família dele é brasileira, mas ele não conhece quase nada aqui. Ele é o que mais bodeia de sair, porque é acostumado com as baladas de lá e acha que aqui todo mundo está muito atrasado.

Dica 3
Use o Google Translator para sua turma imaginária escrever frases em redes sociais em várias línguas sempre, porque vocês são muito viajados e é difícil se encontrarem porque sempre cada um

está em um país diferente. Por isso, quando se encontram, fazem "jantarzinhos" e escrevem na legenda da foto, que vocês vão postar em todas as redes sociais possíveis, "chez fulano", pois nada é mais cafona do que chamar uma casa de casa. Apartamento, então, não se usa desde os anos 1990.

Dica 4

Organize jantares na sua casa, mas nunca chame de jantar, deixe tudo com ar de mistério, com fotos de vultos na sua sala, sapatos deixados na porta (porque é muito *cool* andar só de meia em casa) e pedaços de pulsos com relógios. É claro que o seu amigo imaginário *chef* de cozinha vai preparar pratos para vocês. Poste fotos da comida nas redes sociais.

Dica 5

O Instagram é um caso à parte. Para ser *cool* você tem que criticar esse app todo o tempo, mas fazer parte dele e compartilhar suas fotos misteriosas meio sem sentido e sem filtro. Deixe claro que tudo ali é sem filtro (#nofilter) e que é contra os filtros, mesmo que você tenha usado filtro. Se alguém te perguntar que filtro usou na foto, jamais responda e bloqueie a pessoa, porque bloquear alguém é sempre *cool*.

Dica 6

Sempre que der, fale sobre vinhos e poste fotos suas bebendo vinho e de várias taças amontoadas. Vinho é a cerveja dos *cool* em casa, mas quando estão em restaurantes chiques ou festas do ano, eles pedem cerveja, porque gostam da contradição.

Dica 7

Durante o dia, quando seus amigos imaginários estão trabalhando, deixe claro que está preso no trânsito, indo de uma reunião para outra. É muito *cool* ficar preso no trânsito, ainda mais se disser há quanto tempo está no carro e que isso não é qualidade de vida, "saudades de Helsinki".

Dica 8

Leia as notícias principais da primeira parte do jornal e faça comentários muito assertivos, fazendo de conta que entende demais daquele assunto, mesmo que seja algo que nunca tenha ouvido falar. Discussões sobre assuntos que são tendências mundiais é para os *cool* o que novela é para as pessoas normais. É quase um passatempo, apesar de eles assistirem a novelas todos os dias, mas nunca admitirem.

Dica 9
Sempre que uma banda estiver na moda, despreze e fale que conheceu os integrantes quatro anos atrás em L.A. e na época até gostava, mas o segundo álbum se deixou ser influenciado pela indústria fonográfica.

Dica 10
Deixe claro que odeia moda e pessoas da moda. Mas sele sua opinião nas redes sociais durante o São Paulo Fashion Week, escrevendo "SPFWzzzz….", e mesmo assim só use marcas caras, gringas, vendidas somente na Bélgica, e conte pra todo mundo de onde são as suas roupas, mesmo que finja que odeia fazer isso.

Dica 11

Fale sobre filmes, seriados e documentários o tempo todo, como se fosse um crítico contratado. Deixe claro que atores estão na melhor fase de suas carreiras e qual foi a sacada do diretor no filme. Quando qualquer livro virar filme, diga que o diretor estragou a obra literária e que todos agora chamam esse livro de best-seller, mas que você já o leu na língua original há dez anos.

Dica 12

Mesmo que você não vá aos festivais de música que rolam pelo mundo, finja que foi, com um ar de mistério. É só sumir nos dias de show e fingir pros seus amigos que viajou. Tire fotos dos seus pés em coturnos sujos de barro e poste nas redes sociais marcando seus amigos imaginários, que serão a sua turma de show sempre. Depois da época dos festivais, passe semanas comentando os pontos altos e baixos e fazendo crítica musical, afinal, para ser *cool* você tem que ser crítico o tempo todo.

Dica 13

Esqueça as praias da moda que todo mundo vai, tipo Mikonos, Saint-Tropez, Punta e Trancoso. Você não precisa gastar dinheiro para ir aos lugares em que todos vão para ser *cool*. Aliás, você odeia encontrar os outros e odeia tudo o que é modinha. Então descubra praias na Malásia, em Bangladesh ou praias de água doce em Rondônia, estados que ninguém costuma ir no Brasil, e que ainda tem a vegetação linda e preservada. Critique muito quando um estado virar moda no turismo, evite visitar o Pará se você quer ser *cool* nos próximos cinco anos, porque é o estado do momento, e despreze o Rio de Janeiro que está sempre em alta no turismo.

Dica 14

Colecione algo exótico ou tenha um *hobby* esquisito que ninguém entende. Pode ser uma coleção de torneiras de pias antigas de fazendas do Mato Grosso do Sul, ou um *hobby* de montar rostos com pedaços de latas de azeite, numa espécie de mosaico reciclado.

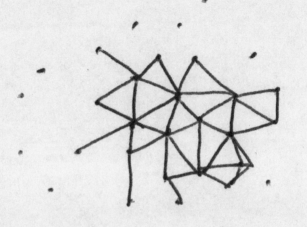

Amor e Relacionamentos

ENSINAMENTO #6

O FANTASMA DA EX

A primeira vez que ele te fala o nome dela dói. E a paranoia delirante se inicia. Você começa a achar aquele nome tão sonoro, ele martela na sua cabeça, aquele sobrenome parece sempre mais lindo que o seu. Você precisa dar uma cor de cabelo pra aquela criatura, um tamanho de nariz, um côncavo mal esfumado, um sapato, uma roupa, cinco quilos a mais ou quem sabe uma barriga chapada por pilates. Você precisa desvendar aquele nome.

Você começa um novo relacionamento. Agora são vocês três. E parte do seu tempo e da sua energia é dedicada inteiramente a fazer uma pesquisa diária pra saber tudo sobre esse nome e esse ser enigmático que ocupou um dia o lugar que hoje é seu. Mas até quando?

Será que ela vai voltar? Será que ainda se amam? Só porque o sobrenome dela é russo e combina mais com os três filhos que eles vão ter e correrão juntos nos campos do sul da Itália? Será que ela tem covinha em cima da bunda? Será que ela fala francês? Será que ela tem um dedinho do pé torto? Será que ela tem sardinhas e mais colágeno que você? E você acaba descobrindo tudo isso, porque se esquece do tempo e da vida para se dedicar a seguir ou imaginar cada passo que ela dá.

ENCONTRANDO A PRIMEIRA IMAGEM DELA

Você fuçou e achou, mas para você uma imagem não é o bastante. Então você vai a fundo em todas as redes sociais, e perde a primeira madrugada de sono olhando os 783 amigos que ela tem no Facebook, um por um, e vasculha o Instagram com um perfil falso, pra poder ver os Stories sem ser notada.

Você descobre que ela ficou com a posição 76 no vestibular da Fuvest, em 1999, mas que optou por um intercâmbio antes. Lá ela fez uma tatuagem de talheres perto da marquinha do biquíni, cursou gastronomia e tem de fato uma covinha em cima da bunda. E você já imagina ele pedindo pra ver aquela tatuagem e já imagina ela cozinhando pra ele no fim de semana.

Você começa a analisar todas as conversas dela no Facebook e no Twitter e começa a achá-la legal. E aí você imagina: e se ela fosse minha amiga? Será que ela seria melhor amiga do que ele é como namorado? Então você a imagina sendo sua melhor amiga e a acha tão legal que começa a dar razão pra ele querer voltar para ela, e você começa a se conformar que mais cedo ou mais tarde eles vão voltar, porque ela é maravilhosa e fez gastronomia.

Você começa a acompanhar o dia a dia dela, as novas fotos, postagens, as viagens que ela faz de férias, acessa o site com o portfólio que ela posta ilustrações que faz como *hobby* e até salva algumas delas. Quando ela corta o cabelo curto e tinge de loiro, você começa a jogar indiretas pro seu namorado para saber o que ele acha de loiras de cabelo curto, só para descobrir se ele também acompanha cada mudança de visual dela. E sem perceber, você começa a se transformar numa versão dela.

Você descobre as baladas que ela vai e a padaria que ela frequenta, só pra passar na frente dela com seu namorado pra ter certeza de que ele não gosta mais dela. Afinal, é muito estranho ele não falar dela se ela é tão legal, *chef* de cozinha e loira de cabelo curto.

Sempre que vai com ele aos lugares, sente-se observada por ela, mesmo que ela não esteja lá. Você começa a agir de forma estranha e ele não entende, porque você ri e joga o cabelo de um lado para o outro, sendo que estava chorando até um minuto atrás porque viu um cachorrinho morto na rua. Você tem certeza de que ela tem informantes que contam quando você está infeliz e em crise ou no cheque especial. Você começa a viver em função dela.

VIVENDO EM FUNÇÃO DELA

Você se anula, esquece quem é e do que gosta. Agora a sua banda preferida é a dela, o seu restaurante favorito é o mesmo que o dela, bem como o seu prato, seu partido político, suas séries de TV e você até passa a se interessar por crochê. Você muda seu estilo, corta seu cabelo — o que mais amava na vida — bem curto, começa a curtir Londres e entra na aula de francês.

Seu namorado já não entende mais o que está acontecendo, mas você tem certeza de que ele a ama e que nada do que você está fazendo está adiantando. Começa a procurar objetos que ela tenha dado de presente, afinal, você sabe tudo que é a cara dela. E começa a pedir os objetos emprestados com o fim de nunca devolver, só pra saber se tem algum valor sentimental da parte dele, um apego às coisas que ela deixou.

QUANDO VOCÊ RODA

Um dia, você esquece a página do Facebook dela aberta, logada no *fake* que você criou e adicionou 78 amigos em comum com ela, só pra ela achar que você é alguém real que, aliás, curte as fotos dela e marca presença nos eventos que ela faz com as amigas. E aí você é pega por ele, que se decepciona muito por ver o quão louca você é por uma ex-namorada de que ele não fala há meses.

Por mais que ele fale que terminou com ela e que agora é só você, você não acredita, porque não faz sentido ele de fato não sentir mais nada por ela e toda a sua busca ter sido em vão. Tantos meses de trabalho, de perseguição, de *stalking*, mudança de visual e obsessão.

Nesse caso o que você deve fazer é tentar retomar o seu namoro e tentar voltar a ser quem você era, afinal ele provou ter escolhido você. Apague aquele *fake* que fez só para fuçar nas coisas dela, nunca mais olhe onde ela fez *check-in* e onde está passando as férias, deixe seu cabelo crescer e assuma que ele é castanho e enrolado de novo. Aceite que não conseguiu aprender francês e que seria melhor um italiano básico, que nunca foi pra Londres e erra até para cozinhar macarrão instantâneo. Se ele te aceitar sem medo, sem te achar uma maluca, aposte nesse cara, ele é muito legal mesmo.

QUANDO VOCÊ NÃO RODA

O tempo vai passando e só o que o seu namorado te prova é que gosta de você e está com você. E nada de ela aparecer em alguma festa, algum evento em comum, nada de ele comentar em alguma foto dela, ou ela mandar algum e-mail ou alguma mensagem de texto para ele.

Você entende que realmente eles não têm mais nada. E é aí que você fica triste e sofre com o término deles, que ocorreu há meses. Fica obcecada em querer saber por que o amor deles acabou e qual era o problema de cada um. Pior ainda, você pensa que, se ela é tão legal, bonita, *chef* de cozinha, loira de cabelo curto, tatuada e domina vários idiomas, o problema só pode estar nele.

E você começa a imaginar quando é que o problema vai se manifestar nele de novo, e como é que ele vai destruir a relação de vocês como já destruiu a deles. Por isso, pense sempre duas vezes antes de entrar nesse tipo de paranoia.

ENSINAMENTO #7
COMO FAZER COM QUE ELE TERMINE COM VOCÊ

Vocês já estão juntos há algum tempo, mas a relação está sem graça e você começa a perceber que fica bem demais quando está sozinha. De repente, você retoma amizades que foram deixadas de lado nos primeiros meses de namoro, começa a reparar em meninos bonitos no seu trabalho, na faculdade, na academia, e até no elevador. Já não faz planos para a próxima viagem a dois e fica feliz quando é dia de ele fazer as atividades sozinho. É, aparentemente a sua relação está indo pro saco, e terminá-la parece ser a única alternativa.

É raro, mas em alguns casos essa decisão parte dos dois, e depois de uma conversa civilizada, cada um vai embora portando a sua escova de dentes. Pode acontecer também o temido pé na bunda, quando você atira a escova de dentes dele pela janela enquanto chora e grita "Eu vou descobrir tudo! Eu já sei quem é ela, e eu vou acabar com vocês dois!". Mas e quando você enjoou dele e ele continua apaixonado? Você está lá xeretando o Facebook ou rolando o Instagram de um cara chamado Daniel do seu trabalho e o seu atual liga só pra dizer que estava com saudades... Bate aquele peso na consciência.

Terminar é o jeito mais prático para se resolver essa situação, teoricamente falando. Mas, caso você já tenha tentado mais de uma vez entrar no assunto e ele sempre dá um jeito de desviar da conversa, o melhor a ser feito é tentar fazer com que ele termine com você, sem que ele perceba que você está agindo dessa maneira. Ficar com outro cara nem pensar! O que você quer é que ele mesmo pense que vocês não têm mais nada a ver, assim também você não fica mal falada por aí. O que ensinaremos aqui é como se tornar desagradável naturalmente.

INVISTA NA INSTABILIDADE

O fator principal para pôr esse plano em prática é abusar da instabilidade. Chore sem motivo, quando ele vier te consolar seja estúpida e depois diga que ele não se importa com você e volte a chorar. Escreva cartas para ele à mão, longas e sem sentido, e quando ele vier conversar com você sobre o conteúdo da carta, peça que exponha sua opinião através de cartas também.

As redes sociais são ambientes perfeitos para demonstrar instabilidade. Bloqueie-o e no mesmo dia o adicione de novo. Poste em seu mural ou comente nas suas fotos indiretas manjadas do tipo "Nunca pensei que seria feita de trouxa desse jeito...". Entre na página dele e diga que você não gostou nada do comentário que viu de uma menina na foto do perfil dele. Quando ele disser que nenhuma menina comentou em sua foto de perfil, chore, diga que sabe que ele apagou e bloqueie-o novamente.

Crie um perfil *fake* de uma menina bonita e tente adicioná-lo no Facebook ou segui-lo no Instagram. Quando ele te aceitar, mande um *inbox* ou DM dizendo: "Quando a gente vai se ver de novo?". E na próxima vez que o encontrar pessoalmente chegue gritando: "Quando a gente vai se ver de novo? Quem é essa pessoa?", e faça um escândalo. Ele não vai entender nada, mas vai te achar uma psicopata que tem a senha do Facebook dele em segredo.

Caso ele não aceite a amizade do seu perfil *fake*, comece a comentar nas fotos públicas e depois tire satisfações. Óbvio que ele vai te achar uma psicopata.

USE A SOGRA A SEU FAVOR

Não tem nada pior do que ter uma sogra que te odeia. Poucas relações sobrevivem à fúria de uma mãe que não aprova a namorada do filho. Por isso, pare de engolir sapos. Não aceite mais os convites de almoço aos domingos e, quando aceitar, comente que a comida não estava do seu agrado. Critique seu namorado na frente dela, aponte defeitos inexistentes e diga que ela não o educou muito bem.

Parta do princípio que terminar com uma sogra é como terminar com a melhor amiga, então faça tudo para ela te odiar e te achar muito estranha. Marque muitos almoços com ela nos quais você nunca aparece e, quando ela te ligar perguntando se você não vai aparecer, diga que não combinou nada e que ela deve estar ficando gagá.

Toda vez que a sua sogra te ligar finja que você não a reconhece. "Regina? Qual Regina, mas Regina de onde? Ah... oi, Regina, pode falar...".

CRIE HÁBITOS INSUPORTÁVEIS

Comece a gostar de alguma banda muito ruim e finja que desenvolveu uma obsessão por algum dos músicos. Ouça somente músicas deles, use-os como exemplo para tudo, use camisetas da banda e dê camisetas de presente para o seu namorado. Cole um pôster no seu quarto e comece a perseguir a banda em todos os shows e funde um fã-clube no Twitter.

Comece a usar expressões ou sotaques que você nunca usou. Por exemplo, se você é de São Paulo, use expressões do tipo "Tu vai hoje na festa?", em vez de "Você vai hoje na festa?". Se você é de Porto Alegre, use gírias cariocas, fale "merrmão, caraca, tô bolada...".

Aprenda a tocar um instrumento que faça um barulho desagradável — flauta, saxofone, acordeão e bongô — e passe o dia treinando, batucando e transformando todas as frases que ele fala em música, atacando de compositora, além de instrumentista.

Crie uma produção de papel machê caseira e junte todo o jornal que encontrar para picar, molhar, misturar com cola e fazer esculturas. Peça todos os dias para ele juntar jornal, trazer do trabalho e ligar para todos os amigos e familiares para juntarem também. E sempre que o encontrar, esteja de avental, mãos sujas de papel machê e ainda o obrigue a fazer esculturas com você.

Se ele gostar de você tocando saxofone, com crise de ciúmes, esquecendo o nome da sogra e, principalmente, fazendo esculturas de papel machê caseiro, esqueça este livro e fique com ele. Ele realmente é o melhor namorado que você vai conseguir na vida.

ENSINAMENTO #8

ENFRENTANDO O DIA DOS NAMORADOS – UM GUIA PARA SOLTEIRAS E COMPROMETIDAS

Em vez de indicar presentes românticos, ideias para jantares inesquecíveis ou como arrumar alguém em 32 horas, decidimos livrar você dessa. Não importa se você é solteira ou comprometida, sempre que chega essa data, as pessoas querem saber os seus planos.

Quando você namora ou é casada, sempre rola aquela cobrança ou competição entre os casais de quem fez o programa ou ganhou o presente mais legal, e por mais que você não ligue muito para a data, é praticamente um insulto dizer que não vão comemorar e que preferiram não trocar presentes.

Já quando você é solteira, todo mundo quer saber a qual festa você vai, quem é o pretendente e como você está se sentindo passando essa data tão significativa sozinha. Mostraremos aqui algumas respostas para fazer com que você saia com dignidade, sendo solteira ou comprometida, do pior dia do ano.

SOLTEIRAS

As principais perguntas feitas são: "Vai sair para tentar arrumar alguém?"; "Tá solteira, é?"; "Algum *crush* em vista?". Veja como se sair:

❶ Assim que a pessoa perguntar quais são seus planos, finja que acha que é o aniversário dela e comece a cantar parabéns sem parar, de preferência em pé, em um local público, fazendo todos baterem palmas. Depois da confusão esclarecida, ela vai esquecer o que estava falando e vai passar o resto do dia com essa música na cabeça.

❷ Responda perguntando: "Nossa, o que você tem? Você tá com uma cara péssima!". Tire um blush da bolsa e ofereça a ela. Isso vai deixá-la confusa, e você poderá sair sorrindo como se tivesse feito uma boa ação.

❸ Faça cara de dúvida e diga: "Mas peraí, você não foi convidada? Nossa, eu achei que você era amiga deles... Achei até que ia ser madrinha". E finja que tem que atender uma ligação, deixando a pessoa se sentindo mal por não ter amigos.

❹ Finja que está com muita pressa e que não pode falar no momento, porque está indo assinar os papéis de uma herança que você ganhou da sua tia-avó. Afinal, quem liga pro Dia dos Namorados quando se tem uma grana preta pela frente?

❺ Fique alguns minutos olhando para a cara da pessoa, e depois diga: "Dia dos Namorados? *When*? *Oohhh*, eu só comemoro o *Valentine's Day*, *'cause I'm from London*", e faça sotaque de britânica que mora no Brasil há apenas seis meses.

COMPROMETIDAS

Não se engane: quando as pessoas te perguntam "O que vocês fizeram?" e "O que você ganhou?", elas na verdade só querem comparar seu Dia dos Namorados com o delas, para saber quem é mais feliz e quem tem mais dinheiro.

Dica 1

Diga que vocês fizeram uma doação para uma causa muito importante, afinal, vocês já têm tudo, o amor um do outro. Pergunte o que ela fez, e enquanto ela conta do jantar e do presente, complete com: "Que legal, jantar fora deve ser muito importante para você, né?". P.S.: Lembre-se de sempre ajudar e fazer doações para poder mentir com a consciência tranquila.

Dica 2

Comece a rir meio com vergonha e diga que não pode contar. Quando a pessoa insistir, pergunte o que fez e, assim que ela começar a te contar, volte a rir como se estivesse lembrando da sua noite incrível. Mesmo sem ela saber do que se trata, ela vai achar que você se divertiu mais do que ela.

Dica 3

Pergunte o que ela vai dar de presente e, assim que ela responder, diga: "Nossa, eu também vou dar isso! Gente, que coisa doida, né?!".

Dica 4

Diga que sua taróloga mandou você parar de contar as coisas para os outros e que, desde que você fez isso, a sua vida mudou totalmente. Quando ela pedir o telefone da taróloga, você infelizmente não vai poder contar também.

Dica 5

Enquanto ela conta o que vai fazer, procure alguma coisa na bolsa como se não desse a menor importância (se é que você dá). Quando ela terminar de contar, diga: "Ai, que legal jantar no local tal" (diga o nome errado do restaurante, mostrando que não deu nenhuma atenção), e se despeça dando um tchau fofo.

• ENSINAMENTO #9 •

COMO TERMINAR COM SUA MELHOR AMIGA

Você amava sua amiga, nós sabemos, tanto que vocês ficaram amigas. Mas um belo dia você acordou e ela virou uma pessoa insuportável e nada a ver no mundo. Criou um blog de moda com o nome dela no título; inventou um apelido fofo para ela mesma, tipo Tefinha ou Cacau; começou a usar calça saruel estampada; a falar dela mesma na terceira pessoa; e de repente sabe tudo sobre *cupcakes* e *cookies*, até posta fotos das suas fornadas no Instagram.

Além disso, arrumou alguém que toca saxofone, curte jazz e adora organizar um luau sempre que vocês vão pra praia. Quando você sai com ela e com a pessoa eleita, eles ficam dando malhos de vinte minutos do seu lado a cada cinco minutos e você fica sozinha na balada, com cara de imbecil. Isso sem contar quando eles te chamam para jantar e começam a falar da vida sexual deles, fazendo comentários e elogios à performance um do outro e perguntando a sua opinião sobre o assunto.

Ela sempre pesa oito quilos a menos que você, mas fica dizendo que está gorda e fazendo manha para ganhar confete, como se chamar de magra fosse elogio. Arruma uma amiga nova insuportável, que faz questão de levar em todos os lugares, uma tal de Pâmela, que nasceu em outro estado e tem um sotaque detestável.

Ela desenvolveu uma noia por filosofia, cita frases em latim e repara em quadros quando vocês chegam em uma festa, comentando sobre história da arte, colocando a mão no peito e dizendo como aquilo é intenso. Agora, quando vocês vão ao cinema, ela só fica fazendo comentários sobre a fotografia do filme e dizendo que ele foi inspirado em algum filme antigo clássico, que você obviamente nunca ouviu falar.

Ela te chama pra jantar, você acha que é um *date* entre amigas, mas quando chega lá, ela está com aquele namorado saxofonista insuportável, que nunca te oferece carona e te deixa sozinha num ponto de táxi vazio às duas da manhã no Centro. Além do mais, você percebe que é uma cilada, porque ele leva um amigo que sempre é chato, não tem nada a ver com você, é meio seboso, come e fica com sujeira no dente. E todos ficam com raiva de você, porque a Pâmela fica com todos os amigos do namorado da sua amiga e não tem frescura, diferente de você.

Às vezes, é só uma fase e só você evoluiu nos últimos anos. Acontece também de só você ser a legal da relação (e você só se deu conta disso agora). Mas o processo de término com uma amiga é mais difícil do que com namorado, porque é lento, doloroso e dá mais arrependimento, já que muitas vezes você percebe que vai ter que aceitá-la e que ela é sua amiga mesmo.

É muito importante começar pelas dicas mais light, porque se ela sobreviver à tentativa de término, vai provar que te ama muito e que quer ficar ao seu lado. As dicas a seguir servem para testar sua amizade ou para terminar a relação de vez.

Dica 1

Finja que está mal-humorada, só atenda o telefone gritando, assim ela não vai mais querer sair com você nem te ver muito. Mas se ela for muito legal ela vai querer te ajudar, o que pode unir vocês duas ou te deixar mal-humorada de verdade.

Dica 2

Diga que se converteu a uma religião bizarra e, sempre que ela te ligar, diga que já liga para ela porque está terminando sua reza. Diga que para ser sua amiga, ela também tem que se batizar nessa religião, e que o processo de batismo começa um mês antes, quando a pessoa tem que parar de comer carboidrato, açúcar e cortar bebida alcoólica. Nenhuma amizade sobrevive a isso.

Dica 3

Faça ela de idiota. Combine de sair toda semana e ligue desmarcando meia hora antes, dizendo que não vai porque não tem roupa ou porque está mal-humorada ou ainda porque fez o mapa astral com uma menina chamada Núria, que disse que você só pode sair no próximo mês. E no outro mês invente uma nova desculpa, porque fez *feng shui* com a Núria.

Dica 4

Comece a ser a pessoa que ela mais vai odiar no mundo. Por exemplo, se ela odeia quem desperdiça água, chame-a na sua casa e lave a louça com a torneira aberta o tempo todo. Se ela fica te perturbando para ir a festas da moda, fique dois dias antes sem usar desodorante e apareça na festa com as unhas sujas de terra e com uma roupa-conceito de duas temporadas passadas. As pessoas da moda que estiverem na festa vão achar você um monstro e ela vai ficar com vergonha de ser sua amiga.

Dica 5

Diga que você fez um curso de cabeleireira e que vai fazer umas luzes nela. Tente descolorir o cabelo dela inteiro até ele ficar elástico (uma reação química que dá no cabelo quando você tinge errado) e, mesmo com ela chorando e desesperada, fale que está orgulhosa de você mesma, porque fez um trabalho lindo e ela está maravilhosa!

Dica 6
Convide-a para jantar, mas coma a comida do prato dela e beba a bebida que ela pediu. E quando ela pedir sobremesa, diga que ela já comeu demais. E peça pra ela pagar a conta, invente que ela ficou te devendo a última vez que saíram.

Dica 7
Faça uma festa surpresa na casa dela, em um dia de aniversário errado, e convide o triplo de gente que cabe. Como petiscos, sirva somente coisas que esfarelam, como biscoito de polvilho, salgadinho, paçoca, tapioca, fubá. Na hora do parabéns, apareça com um saco de glitter para todos jogarem para cima, que nunca mais vai sair do sofá nem de nenhum outro móvel.

Dica 8

Leve objetos de decoração da sua casa escondidos dentro da sua bolsa e espalhe pela casa dela enquanto ela estiver na cozinha ou no banheiro. Depois faça cara de espanto e pergunte desconfiada o que o seu vaso está fazendo na mesa da casa dela. Ela vai ficar sem jeito e vai sumir da sua vida.

COMO ACEITAR UMA AMIGA DE INFÂNCIA QUE FICOU CHATA E QUE ACEITA E SUPERA TODAS AS SUAS MALUQUICES PARA TERMINAR

Apesar de toda a sua dedicação para terminar essa relação, surpreendentemente, a sua amiga se manteve firme e forte ao seu lado. E, pior, ainda se lembra do seu aniversário à meia-noite, compra presentes que tem a sua cara e escreve e-mails dizendo que sonha em marcar uma viagem para vocês duas.

Constantemente te manda mensagens dizendo que sente saudades e até está fazendo o namorado insuportável fingir que te suporta. Por mais cretina que você seja, seu coração começa a amolecer, e se ela sobreviveu a todas as coisas que você causou tentando terminar — e até te aceitou depois de você insinuar que ela era mal-humorada demais — ela merece o pódio de melhor amiga.

Faça um esforço e siga estas dicas para continuar essa amizade, e pense se o problema não está em você.

Dica 1

Reveja fotos antigas e momentos legais da amizade de vocês, leia cartas da adolescência e a chame para ir à sua casa ouvir aquele CD que adoravam. Além disso, chame-a para assistir ao vídeo da formatura do Ensino Médio, aquele em que cada um diz o que vai virar.

Dica 2

Marque de fazer programas que faziam antigamente e nunca mais fizeram, como ver filmes e comer brigadeiro, ir ao cinema, passar uma tarde no shopping, cozinhar um almoço no sábado ou qualquer coisa que deixe as pessoas mais comovidas e se sentindo especiais.

Dica 3

Façam uma sessão passeando pelas redes sociais uma da outra, vocês duas, vendo perfil por perfil de pessoas do passado. Vejam desde as pessoas da escola, que mudaram muito, até caras com quem ficaram e por quem foram apaixonadas, e hoje em dia são os mais nada a ver do mundo.

Dica 4

Levante a bandeira branca da paz e pare de implicar com o namorado dela, que foi um dos motivos para você começar a odiá-la. Faça um jantar na sua casa, chame vários amigos e faça questão de que ela leve o namorado. Avise seus amigos neutros que devem tratá-lo bem e fazê-lo se sentir em casa e, de coração, faça todo o esforço do mundo para começar a gostar da criatura.

Dica 5

Descubram um novo ódio em comum: uma banda que faz sucesso, uma novela, um famoso que todo mundo ama, um político.

• ENSINAMENTO #10 •

OITO DICAS PARA QUANDO ENCONTRAR ALGUÉM QUE TE DEU UM PÉ NA BUNDA JUSTAMENTE QUANDO VOCÊ ESTIVER SEM BATOM VERMELHO E COM ROUPAS FEIAS

Nem sempre as coisas acontecem como planejado, e é claro que depois que você leva um pé na bunda, o ideal seria encontrar seu ex — que te fez sofrer como um cão — estando grávida de cinco meses de um cara loiro chamado Breno, que trabalha em banco e é de família alemã. O Breno, que tem dupla cidadania, te ama muito mais do que você o ama. Vocês acabaram de sair do consultório médico em que, no ultrassom, descobriram o casal de gêmeos, um com a cara da Fernanda Lima e outro com a cara do Rodrigo Hilbert.

Só que não vai ser assim, você sabe. Geralmente quando encontramos um ex-namorado estamos com o cabelo sujo, uma espinha no nariz, um tênis de corrida. Chame de carma ou de lei de Murphy, mas parece que é humanamente impossível encontrar um ex que te fez sofrer estando minimamente apresentável.

Você pode sair todos os dias com a melhor roupa, cabelo impecável, olho esfumado, mas é bem no dia que está na porta do supermercado de qualquer jeito, porque foi comprar queijo ralado para curtir uma fossa com macarronada, que ele aparece.

Mas não precisa entrar em pânico: existem atitudes que você pode tomar que fazem com que seu ex não repare na sua roupa nem na raiz oleosa do seu cabelo. Aqui vão algumas dicas para maquiar essa situação, ainda que você esteja sem maquiagem:

Dica 1

Diga que você não é você, mas a Pâmela, uma gaúcha. Carregue no sotaque e peça uma direção, diga que está procurando a embaixada espanhola mais próxima. Enquanto ele te explica, meio passado com a coincidência física, fique cantando trechos de músicas dos Engenheiros do Hawaii. No caso de você ser gaúcha, diga que é Consuelo, uma espanhola, e cante Julio Iglesias.

Dica 2
Faça ele se sentir mal. Assim que ele te cumprimentar pergunte: "Nossa, o que te aconteceu?". Cubra seu nariz e sua boca com as mãos e continue: "Você está doente? Vai descansar, sua cara está péssima. Te desejo paz". Faça o sinal da paz com as mãos e saia andando e cantando Milton Nascimento.

Dica 3
Assim que você avistá-lo, jogue-se em cima dele com violência e grite: "Cuidado! Ladrão!". Em seguida, atire-se no chão e role para trás de um carro com o celular dele na mão. Alegue que você o salvou de uma dupla de motoqueiros muito conhecida que furta celulares nessa região. Mostre os machucados que adquiriu ao rolar atrás de um carro e diga que ele te deve uma.

Dica 4

Diga que, desde o término, você começou a se dedicar ao teatro e descobriu sua grande vocação. Você virou atriz de musical. Justifique suas roupas feias, a falta de maquiagem e o cabelo sujo dizendo que está fazendo "laboratório" para uma personagem. Dê uma palhinha do musical para ele no meio da rua, cantando e dançando de maneira contemporânea. Pergunte sobre o trabalho dele e encerre o assunto com a frase: "É, realmente você sempre foi muito capitalista..." e vá embora.

Dica 5

Deixe-o confuso. Diga que já está sabendo da fofoca e que quando te contaram você mal pôde acreditar que estavam falando dele. Quando ele ficar confuso e começar a te perguntar a que você se refere, responda rindo: "Ah, vai, você sabe bem do que eu tô falando. Você sempre teve um jeito meio estranho, só não achei que as coisas se resolveriam tão rápido". Pisque, faça um sinal de joia e saia andando e rindo.

Dica 6

Jogue no contra-ataque. Assim que vocês se encontrarem, zoe qualquer parte do *look* dele, na sequência comente que lavar o cabelo de vez em quando não faz mal a ninguém e, antes de ir embora, pergunte o que aconteceu com as roupas que ele usava na época em que vocês namoravam. Diga que esse novo estilo não o favorece e vá embora fazendo olhar de reprovação para o sapato dele.

Dica 7

Encare-o e pergunte o seu nome. Diga que você não se lembra de nada e que está vagando há dias pela cidade, sem saber quem você é e onde mora. Peça para ele te ajudar a encontrar sua casa, pois você tem certeza de que a roupa que está vestindo não é sua.

Dica 8

Comece a dançar no estilo "dançarina do Faustão" e, quando ele vier falar com você, olhe para o além e grite: "Corta!". Diga que você está no meio da gravação de uma minissérie da Globo, que vai ao ar no próximo mês de outubro. Peça desculpas e saia memorizando falas em voz alta.

ENSINAMENTO #11

NOVE DESCULPAS PARA IR EMBORA DA CASA DE ALGUÉM QUE ACABOU DE CONHECER NA BALADA

Na balada, dependendo da quantidade de álcool ingerida, do nível de miopia e da carência, as pessoas tendem a parecer um pouco mais bonitas e interessantes. Quantas vezes você já não se apaixonou por alguém incrível e lindo, e uma amiga sua te chamou no canto e perguntou o que você fazia conversando com aquele espantalho sem dente? Muitas.

No calor e na emoção da pegação, você acha que tem que dizer sim para tudo e, às vezes, acaba na casa de um cara que parecia um príncipe, mas que com uma luz melhor e sem a cerveja se transforma em um demônio, feio e chato. Ainda por cima mora numa casa brega, tem bafo e coloca Enya para tocar, só para criar um clima entre vocês.

Você já está ali, indefesa na casa de um estranho, então tem que ser muito delicada para fugir da roubada, porque até o momento você só identificou que ele é cafona, horroroso e com bafo, mas não sabe se é um *serial killer* nem como encara a rejeição.

Sabemos de uma coisa: você tem que sair dali imediatamente. Então dê a volta por cima e faça o monstro te admirar em vez de te odiar nesse momento tão traumatizante.

Dica 1

Conte que mora com sua avó, pois cuida dela desde que ela ficou viúva. Diga que ela não dorme enquanto você não chegar, por isso você está muito preocupada, pois está tarde e uma senhora de 97 anos precisa descansar.

Dica 2

Revele que é médica e que tem um plantão para fazer em uma hora, em um bairro muito distante, num hospital muito carente. Mas que você faz isso de coração, pois ama seu trabalho e ajudar os outros. Diga que geralmente, no meio da madrugada, aparecem muitas mulheres em trabalho de parto, e que você acha muito especial ajudar uma mulher a dar à luz uma nova vida.

Dica 3

Fique nervosa e diga que tem que ir embora pois tem aula muito cedo e não pode faltar de maneira alguma, pois é bolsista e tudo conta pontos. Sua educação está em primeiro lugar, pois sonha em ser uma juíza e ajudar o mundo.

Dica 4

Abra seu coração e confesse que ainda dorme com sua mãe. Se precisar chore e diga que não é fácil para você ser assim, que não confia nas pessoas e que prefere ir com calma. Diga que, quem sabe, se ele te encontrar durante o dia, talvez seja mais fácil para você ver que ele quer algo sério, pois você procura casamento. Nesse momento, é ele que vai pedir para você se retirar.

Dica 5

Diga que combinou de pescar com seu tio e o barco sai agora de madrugada. Explique que peixes são a sua verdadeira paixão, pois você é bióloga marinha e abriu mão de se relacionar com seres humanos para amar esses animais aquáticos tão lindos.

Dica 6

Comece um papo sobre espíritos e revele que é paranormal. Diga que não vai conseguir se relacionar naquela casa pois ela está muito carregada e essa energia te deixa fraca. Recomende que ele pinte uma das paredes da sala de vermelho e diga que está vendo um obsessor atrás dele, que mora no quarto dele e suga toda a energia vital que ele tem, portanto você precisa ir embora, porque obsessores incorporam em você para mandar recados.

Dica 7

Finja susto e fale: "Meu Deus! Esqueci que tenho que buscar a minha irmã mais nova no aeroporto! Meu Deus, ela é menor de idade e está viajando sozinha, acabou de chegar da Disney, prometi pro meu pai que ia buscá-la. Ele é muito bravo, se souber que eu esqueci a Paulinha, vai me colocar de castigo e cortar a minha mesada!".

Dica 8

Diga que gostou dele de primeira e então tem que ser muito sincera. Seu pai é um mafioso muito ciumento. Confesse que você nem deveria estar falando isso, mas seu pai está parado de carro do outro lado da rua, pois te segue na balada com seus dois seguranças, que ficam te esperando do lado de fora.

Dica 9

Olhe nos olhos dele e diga: "A gente se conhece há tão pouco, mas sabia que eu já te amo? Eu sonhei quando tinha 12 anos que conhecia um (e diga o nome dele). Ele era exatamente como você no sonho e desde então te procuro. Quando te vi na balada, eu sabia que a gente ia casar e ficar velhinhos juntos. Você também quer ter seis filhos? Sabe o que eu sonhei também? Que a gente esperou um pelo outro e por isso eu sou virgem, mas só depois do casamento a gente vai ter nossa primeira noite. Como prova desse amor, eu vou tatuar o seu nome amanhã".

Nota das autoras: só use a Dica 9 se for com alguém desconhecido. Caso contrário, você terá fama de psicopata pra sempre entre a turma dele.

ENSINAMENTO #12

CATORZE MANEIRAS DE MOSTRAR QUE É MADURA FALANDO DE RELACIONAMENTOS

Não importa de que signo você é (exceto Capricórnio ou Aquário), um dos carmas que a vida te traz é discutir relacionamentos durante 80% do tempo. Se fosse só o seu, tudo bem, mas não é assim. Quase sempre, durante sua vida toda, você se dedica a discutir o relacionamento das suas amigas, como se isso fosse o seu segundo emprego. Mesmo quando você está mais ocupada do que nunca, com prazos no escritório e um dia cheio, precisa parar tudo para responder mensagens sobre problemas das suas amigas com namorados, namoradas ou ex.

Até quando você se senta em uma mesa com outra mulher que você acabou de conhecer — nem sua amiga ela é —, o assunto se direciona para o tema relacionamento. Pode até ser um almoço de trabalho, mas quando você se dá conta, está ouvindo a fulana contar do dia em que pegou o namorado com outra. E você se empolga com o assunto, faz cara de espanto, indica seu analista e fala frases que surgem do nada na sua cabeça, mas que fazem qualquer uma parar e te olhar como se fosse uma heroína na vida dela.

Isso sem contar as criaturas que você conhece na fila da balada, que viram para você e expõem o relacionamento do começo ao fim, contam detalhes da intimidade e pedem sua opinião sobre um tal de Rodrigo, que está do lado de fora beijando outra. A pessoa pergunta se ela deve mandar um torpedo mal-educado pra ele.

Para essas pessoas, qualquer coisa que você falar vai soar como profecia. Mas a verdade é que tudo o que você diz para elas, e até para suas amigas, no fundo elas já sabem. O que elas precisam é ouvir aquela mensagem fora da cabeça delas, num tom meio autoajuda, com voz de comando e usando a neurolinguística para selecionar as palavras certas e ficar com fama de mais inteligente e mais evoluída emocionalmente da turma.

Para que as pessoas sempre achem que você é a mais madura no quesito relacionamento, existem frases que você pode jogar na conversa, não importa qual seja a história do casal. São as frases universais da DR. Aprenda agora catorze maneiras de parecer uma versão moderna do Freud e ser muito admirada por todos.

Frase 1

Esse cara tá procurando uma mãe, não uma namorada.

Frase 2

Acho que antes de você pensar do que precisa para melhorar o seu relacionamento, você precisa pensar no que fazer para melhorar você.

Frase 3
Você já parou para pensar que quando ele te critica, na verdade está criticando a ele mesmo?

Frase 4
Hoje em dia todo relacionamento sofre com esse novo posicionamento da mulher na sociedade.

Frase 5
No fundo, muitos precisam dessa segurança de se casar, ter uma casa, ter raízes, um porto seguro.

Frase 6
Será que essa insatisfação no relacionamento não é um reflexo de como você foi criada?

Frase 7
Ok, você já identificou os erros dele, mas que tal identificar os seus?

Frase 8
O relacionamento humano precisa de desafios, mas será que você já não sofreu demais?

Frase 9
Às vezes, as crises são novas etapas.

Frase 10
A sua personalidade forte deixa o emocional dele muito abalado.

Frase 11
Eu acho que ele se sente ameaçado por essa mulher que você se tornou, seu emprego, salário, sucesso na sua área, amigos...

Frase 12
Amiga, será que não foi você que deixou a relação chegar nesse ponto?

Frase 13
Olha, eu não quero me meter nisso, porque eu sou sua amiga e eu sempre vou ficar muito mais do seu lado, mas esse cara não te valoriza como você merece, e me dói ver uma pessoa tão maravilhosa como você sendo colocada para baixo o tempo todo.

Frase 14

Será que você não está repetindo o seu comportamento do relacionamento passado? É como se você caísse num círculo vicioso de autossabotagem.

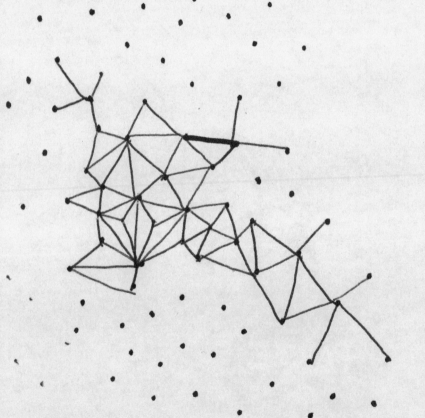

SAÚDE E BEM-ESTAR

• ENSINAMENTO #13 •
Guia da Tatuagem Errada

Se você for adolescente, pense muitas vezes antes de fazer uma tatuagem. Agora, se você for adulta, pense muito mais, porque aí você não poderá usar a desculpa de ter feito a tatuagem quando era adolescente. Esse assunto é tão complicado que merece um guia completo. Vamos ao que interessa.

ALERTA PARA O PESSOAL DA LETRA JAPONESA
O chato de fazer uma tatuagem é ter que explicar, para sempre, o que você quis dizer com ela para pessoas que insistem em querer saber o que significa.

Essas são as piores pessoas do mundo, porque perguntar sobre tatuagem é a mesma coisa que falar sobre o tempo no elevador, coisa de gente sem assunto, que fica insegura quando está calada.

Mas letra japonesa, por quê? Coisas escritas em árabe, latim, francês ou inglês. Estudos comprovam que 80% das pessoas que tatuam algo em uma língua que não dominam tatuam errado. Pesquisamos sete pessoas para chegar nessa conclusão, por isso achamos mais seguro deixar este aviso.

TATUAGEM DE FASES

Estrelinha da Gisele Bündchen, tribal, borboleta, tudo que é alado, letras do Pearl Jam, frases do Bob Marley, índios apaches, raios no pulso, mandalas, laço atrás da coxa, teia de aranha no cotovelo. Tudo teve o seu momento, até tatuar as Meninas Superpoderosas no braço e um Pikachu na barriga. Então, se é pra se arrepender para sempre, tatue coisas que tem a ver com sua era e seja cafona. Por exemplo: uma mensagem do pilates, que era a nova ioga, mas hoje o muay thai já é o novo pilates, então se atualize.

E se você tatuasse uma foto com um filtro do Instagram, tipo Valencia ou Brannan? Ainda dá tempo, mas no ano que vem não dá mais, porque o Instagram pode ser o Orkut do amanhã.

Tatuagem de amiga pode ser considerada tatuagem de fases, porque sempre tem umas duas ou três no grupo que somem ou que pegam seu namorado numa festa em Barra do Una, ou ainda uma que faz Psicologia e vira insuportável, e você não quer mais se associar a ela, mas ela vai te amar e/ou analisar pra sempre.

PERIGOS DA TATUAGEM

VIAGENS

Você fica vinte dias em um lugar e acha que você é aquilo. Entrega-se tanto ao clima do momento que começa a achar que você é Machu Picchu. Quando chega em casa, vê que não tem nada a ver aquele cacto que tatuou no pé.

FICAR COM O TATUADOR

Eles sempre falam que você é linda, que sua pele é maravilhosa e perfeita pra tatuar. Também falam que é uma dor gostosa e viciante. Mas você ainda está hipnotizada com a forma como ele ama sua pele e começa a concluir que, antes mesmo de terminar esta, já quer voltar lá para fazer outra. E ele te influencia, indicando a parte do corpo em que deve ser feita a tatuagem (é sempre perto do cofrinho ou do peito). Além disso, ele também te coloca em uma situação constrangedora, porque num momento de paquera ele acaba tatuando um desenho tão torto que não dá pra saber se é uma orquídea ou um *smile*.

TATUAGEM AMOROSA

É comprovado por pesquisa que, quando alguém tatua o nome do ser amado, o relacionamento dá errado. Essa comprovação vem de experiência própria. Pois é, não existe nada de romântico em uma tatuagem amorosa. Quando é um desenho ou um símbolo é romântico no momento, mas depois vira um carma. Você vai olhar aquilo e sofrer se lembrando da pessoa. A tatuagem amorosa acaba com a relação porque é usada como mecanismo de chantagem. Sempre a pessoa que fez vai dizer que ama mais, mas na verdade não significa que ela ama mais, e sim que ela é a mais carente do casal.

Tatuagem com nome é muito cafona. Abrimos exceções para as feitas nos anos 1980, em que tudo era cafona, mas ainda dá para entender quando é o nome do seu filho, dos seus pais, da sua avó. Mas mesmo assim evite. Pode reparar que toda pessoa que faz tatuagem amorosa faz no começo do namoro, porque é sempre feita no auge da paixão, raramente com maturidade. Ela também é sempre feita em tom de ameaça, porque o cara que faz uma tatuagem para você geralmente faz depois de uma briga, uma traição, ou porque está tudo tranquilo no relacionamento e ele quer dramatizar.

Ter alguém que fez uma tatuagem amorosa para você é muito chique. Sem contar que esse cara que tatuou seu nome, quando arrumar a próxima namorada — e é claro que ele vai arrumar, porque você vai terminar com ele, já que a tatuagem estraga qualquer relacionamento —, já vai transformar a vida dela em uma noia e traumatizar a menina, sem você precisar fazer nada.

O carma dele vai ser tão ruim que ele pode até casar com ela na igreja e ter quatro filhos, mas ela sempre vai achar que ele não a ama como te amou se ele não tatuar o nome dela também. Além disso, vai envenenar todos os futuros relacionamentos desse seu ex, cafona e tatuado. O ser tem a chance de ficar mais cafona ainda, cheio de nome de mulher no corpo, porque sempre vai ter que provar que as ama fazendo novas tatuagens.

IDEIAS ABSURDAS PRA COBRIR SUA TATUAGEM ERRADA

Ideia 1

Se precisar, cubra sua tatuagem com outra em alto relevo, no estilo *body modification*. A dica da tattoo em alto relevo é a seguinte: quanto mais malfeita, mais natural ela parece, de preferência que custe menos de trinta reais.

Ideia 2

Tatue o mapa do Brasil em cima, pois nada como ser patriota (e lembre-se de que o Brasil é um país muito grande, suficiente para cobrir qualquer tatuagem errada, já que tem muitos estados). Faça uma estrela no seu estado, pois as pessoas amam homenagens.

Ideia 3

Tatue seu animal de estimação e nomes de antepassados em cima da sua tatuagem feia. As pessoas se sensibilizam e não te julgam quando você tem história pra contar.

Ideia 4

Cubra a tatuagem com um quadrado preto. Essa é a tatuagem mais atemporal de todas, pois, sempre que questionada, você pode dizer que é um luto pela causa da moda.

Ideia 5

Em vez de cobrir, sempre que perguntarem sobre sua tatuagem errada, diga que foi feita na época em que você estava presa. Ninguém vai querer saber nada além disso e você não vai mais ter que explicar que tatuou esse lagarto doidona em uma *rave* porque ficou com o tatuador.

Ideia 6

Caso a sua tatuagem seja com o nome de um ex, não se desespere, essa é a mais fácil de arrumar quando o relacionamento termina. Simplesmente tatue o sobrenome de alguém famoso ao lado. Por exemplo: se o seu namorado se chama Selton, tatue Mello ao lado. Todos vão achar que você é fã do ator e puxar assunto sobre a carreira dele em elevadores, em vez de falar sobre o significado de tatuagens e o clima. Assim você também já se livra de conversas chatas, de gente que fica constrangida com o silêncio.

• ENSINAMENTO #14 •

Quinze Técnicas Para Avisar Que Um Amigo Fede

le é seu amigo, mas fede. Você tentou ignorar esse fato, achou que era implicância sua, coisa da sua cabeça, mas com o passar dos anos o problema ficou pior e a amizade de vocês está em risco por causa disso. Não existe nenhuma maneira delicada de se dizer para um amigo que ele está com um cheiro ruim, sendo que às vezes o local do odor não é identificado e isso só torna a abordagem mais difícil. Se você acha que ainda não é hora de terminar essa relação, existem algumas técnicas que talvez te ajudem a contornar essa situação.

Técnica 1

Confunda palavras nada a ver com a palavra cebola, pra ele começar a noiar e achar que pode ser com ele o fato de você falar tantas vezes cebola. "Que horas você vai estar na cebola? Digo, na sua casa?"

Técnica 2

Toda vez que chegar perto dele comece a espirrar. Quando ele perguntar se você está resfriada, responda que o perfume dele ataca a sua rinite. Assim que ele disser que não usa perfume, diga que deve ser isso, então, e recomende algum perfume bom para ele.

Técnica 3

Faça uma ligação anônima do seu celular com o número bloqueado ou de algum orelhão. Use um pano para cobrir a boca, tipo assassinos de filmes B, e diga que ele fede.

Técnica 4

Mande uma carta anônima com letras coladas. Além de funcionar, também serve como terapia ocupacional e é sempre bom estar afiada nos trabalhos manuais, porque você nunca sabe quando vai perder o emprego e ter que começar a fazer cartões personalizados para tirar uma grana extra.

Técnica 5
Diga: "Tô sentindo um cheiro estranho, vê se sou eu?".

Técnica 6
Fale que sua tia é revendedora e contrabandista de perfume dos Estados Unidos, e sempre sobram frascos de clientes que encomendam e não pagam. Use isso como motivo para dar vários perfumes de presente para ele.

Técnica 7
Dê produtos de higiene como presentes em todas as datas comemorativas: sabonetes, kits de cremes, óleos corporais e, quando ele perguntar o motivo do presente se não é o aniversário dele, diga: "Mas hoje é Dia da Bandeira!".

Técnica 8

Pergunte: "Você terminou com fulana porque ela fedia, né?". Quando ele disser que não, responda: "Ah, desculpa, acho que confundi as histórias".

Técnica 9

Fale o tempo todo sobre cheiros ruins, gente fedida, lugares fedidos. No táxi, no restaurante, na fila do cinema, em um casamento na igreja.

Técnica 10

Mande links por e-mail do tipo "Poliéster provoca odores nas axilas" e escreva no corpo do e-mail: "Nossa, você já viu isso? Não sabia que tecidos sintéticos davam cê-cê".

Técnica 11

Toda vez que você encontrar com ele, passe muito creme nas mãos, use perfume e fique oferecendo a ele. Quando ele aceitar, diga: "Nossa, o cheiro ficou muito melhor em você do que em mim! Pode ficar com ele de presente".

Técnica 12

Contrate uma pessoa para paquerá-lo até quase chegar nos finalmentes. Quando ele achar que vai ficar com ela, a pessoa tem que dizer: "Putz, desculpa, mas tá um cheiro meio estranho aqui, perdi o clima".

Técnica 13

Envie um e-mail com uma corrente sobre uma santa, que diga que as pessoas que não enviarem para sessenta amigos podem desenvolver mau cheiro, e quando o encontrar pergunte: "Mas você mandou mesmo aquele e-mail da santa? Tem certeza?".

Técnica 14

Abuse das mensagens subliminares. Posicione perto da TV produtos de beleza e higiene e o convide para ver filmes. Use camisetas com nomes de desodorantes e coloque propaganda de desodorante passando no computador quando ele estiver na sua casa.

Técnica 15

Diga: "Como eu sou muito sua amiga, vou te dar esse toque: a galera tá comentando que você anda com um cheiro estranho, mas achei muita mancada não comentar isso com você".

PARTE 4

Vida Profissional e Finanças

• ENSINAMENTO #15 •
O FORA DA FIRMA

Levar um fora de alguém da firma é uma das piores situações que você pode passar na vida. Quem nunca ficou com alguém do trabalho e fantasiou um relacionamento perfeito, em que os dois iam de cabelo molhado trabalhar de manhã, depois do café da manhã da família de comercial de margarina? Mas quando ele decide que vai te dar o fora, começa o pesadelo, já que seu emprego é a única coisa que você não pode deixar de lado quando leva um pé na bunda. Como vai pagar as contas se fizer isso? E o analista, e a academia pra superar? E a drenagem linfática?

Também não adianta ser agressiva nessa hora e aproveitar a máquina de café grátis pra jogar café quente na cara dele, por mais que essa seja sua vontade todos os dias. Nem dizer pro seu chefe escolher entre você e ele, porque isso te garantiria uma fama eterna de louca no mercado de trabalho. Se o cara que te deu o fora for seu chefe, demita-se, porque não tem como lutar contra isso, é um caso perdido. Se o cara que te deu o fora te trocou por outra mulher também da firma, respire fundo. Afinal, um fora é só mais um fora, não importa o lugar.

IDENTIFICANDO O FORA DA FIRMA

Você tem como se precaver e pular fora dessa roubada antes de ela acontecer. Basta observar algumas atitudes do seu "caso da firma".

O primeiro indicativo de que a coisa vai mal acontece quando ele começa a marcar compromissos chatos, tipo dentista, no horário de almoço, e quando vai almoçar com você, sempre convida três ou mais pessoas para irem junto. Faz semanas que vocês não vão almoçar sozinhos no seu restaurante favorito em clima de romance.

Toda vez que vocês têm algum momento de conversa, ele fica repetindo várias vezes como você é uma amiga pra ele, fala a palavra "amiga" dezessete vezes. Do nada ele descobre que é um profissional muito ocupado, começa a recusar todos os seus convites e a não responder e-mails e mensagens (ou responder uma mensagem oito horas depois). Todas as vezes que vocês conversam a partir daí, além de dizer a palavra "amiga" dezessete vezes, ele diz a palavra "ocupado" 68 vezes.

Ele diz que não pode ir ao *happy hour* da firma, e no dia seguinte você descobre que ele apareceu lá quando você já tinha ido embora. Pior ainda, ele aparece quando você está, mas como na frente do povo do trabalho vocês não se assumiram, ele não vê problema nenhum em passar o tempo inteiro conversando com todo mundo menos com você.

Ele muda os horários dele do nada, vai embora mais tarde pra não pegar o elevador com você e não te dar carona. Você sai para almoçar e ele já está voltando. Ele faz um caminho novo pra ir ao banheiro, de forma a não passar pela sua mesa. Ele manda imprimir um arquivo e você manda na mesma hora, só pra rolar uma tensão sexual na impressora, mas ele evita e pede para alguém buscar as páginas impressas.

Tudo começa a ruir quando uma aventura inofensiva passa a ser fofoca geral. Todos comentam sobre aquele dia que vocês chegaram juntos, fazem piadinhas sobre casal, perguntam de um pro outro, e o seu colega-amante de firma fica desesperado, pois não quer nada sério com você, é claro. Afinal, ele é muito ocupado e você é dezessete vezes amiga dele. Toda essa mudança de rotina da vida dele, dentistas do nada, horas extras e reuniões do outro lado da cidade na hora do almoço são apenas porque ele não tem coragem de te dizer que não vai te assumir e que vai pular fora.

QUANDO VOCÊ PERCEBE QUE VIROU ASSUNTO NA FIRMA

De repente você chega em um ambiente e todos ficam mudos. Seus colegas de trabalho começam a rir, lendo e-mails coletivos em que você não foi copiada. Quando você pergunta o que é, dizem que não é nada e dão uma desculpa esfarrapada.

Sempre tem um mala que fica bêbado na festa da firma e revela algum apelido seu ou alguma piada que estão fazendo sobre o caso de você estar apaixonada por alguém do trabalho. E sempre tem um bêbado que tenta não ser o mala e tenta abafar o caso falando: "Shiuuuu, não dá fora". Isso te constrange ainda mais, porque você tem certeza de que virou assunto no almoço do trabalho inteiro, desde o pessoal que traz marmita até os que vão na churrascaria.

E o pesadelo é: assim que ele te der um fora, você está fadada a ficar encalhada, porque uma vez que esse seu relacionamento não assumido por ele fracassou, todos vão pensar que o problema é você.

CLIMA CLIMÃO

Você passou meses achando que esse ser tenebroso te assumiria, e o relacionamento de vocês caiu na boca do povo do trabalho, que obviamente não tem mais o que fazer, afinal, um novo casal na firma é um assunto muito melhor do que cumprir um prazo, fazer uma planilha ou criar um projeto pro ano que vem. Assim que o casal se torna o assunto de dez andares, o crápula se desespera, pois não quer nada sério. O pavor de ter um relacionamento sério e o deslumbre de ser o novo galã do escritório fazem você levar o temido, horrível e doloroso fora da firma.

E agora que o fora já aconteceu começa o temido, horrível e doloroso "clima climão". Sua autoestima já está no chinelo e, pra piorar, tem que encontrar todos os dias a pior pessoa do mundo: o cara que te deu um fora. Clima climão é a fase em que você tem que conviver com alguém com quem até outro dia rolava um clima, mas que agora é um climão, uma relação de amor, ódio, saudade e inconformismo. E um pouco de vontade de que a pessoa se mude para a Polônia para sempre.

Infelizmente é a sua vez de mudar a rotina. Como você aprendeu com ele, que fazia de tudo pra te evitar antes de te dar um pé, você começa a marcar dentista na hora do almoço; aparece no *happy hour* quando ele vai embora; vai até o sexto andar de escada pra não ter que pegar o elevador junto; e come sozinha em um restaurante longe do trabalho pra não encontrar ninguém.

O pior do clima climão é que o cara obviamente já superou e está em outra — muitas vezes com outra mulher do trabalho ou apresentada por alguém do trabalho, que era sua amiga ou conhecida, e você via sempre, e agora são dois para você evitar.

Existem personagens clássicos do clima climão:

Personagem 1

O desinformado 1: ele era o único na firma que não sabia do seu *affair*: ou ele é burro, ou tem uma vida muito interessante mesmo. Um belo dia, você está inofensiva sentada na padaria mais próxima quando ele te conta, com alegria no olhar, que o crápula que te deu um fora da firma está saindo com a fulana do RH.

Personagem 2

O desinformado 2: ele se faz de desinformado pra te contar a fofoca e ver a sua cara de desgosto ao saber que o demônio que te abandonou já está ótimo. E ainda te conta, como quem não quer nada, detalhes do novo relacionamento feliz, que está dando supercerto.

Personagem 3

O bom amigo: ele toma as suas dores e começa a odiar o cara, mesmo trabalhando com ele. É mais comum você arrumar boas amigas nesse momento, porque os homens preferem não se meter e ficam em cima do muro. Mas essa fase de "guerra" contribui muito pro clima climão, pois quem ficar do seu lado começa a boicotar o cara que te deu o fora, praticando *bullying* com ele, evitando ir ao quilo com ele e ao aniversário dele.

Personagem 4

O sábio: ele tem anos e anos de firma e já viu isso acontecer com centenas de casais, não sabe detalhes do seu relacionamento que acabou nem quer saber, mas ele tem conselhos objetivos e maduros, que te confortam de uma certa maneira. Geralmente ele te diz que vai passar, você merece coisa melhor e que o cara ainda vai se arrepender.

Personagem 5

O leva e traz: fica dando informação para os dois lados. Se faz de seu amigo e de amigo da atual do ex, aí fica transportando fofoca.

SOBREVIVENDO AO FORA DA FIRMA

Tirando toda a parte ruim, que é normal quando se leva um fora, o fora da firma é um presente que você ganha na vida! Depois que ele acontece, você nunca mais vai trabalhar de moletom e sem corretivo. E quer oportunidade melhor do que sair montada e de salto todos os dias? Sempre que encontrar uma pessoa incrível no almoço no quilo, ou um vizinho bonito no elevador, você vai estar linda.

Isso sem contar que, se tiver que tirar foto nova de crachá, você vai ser sempre a que tem o melhor crachá no elevador. Mas além de manipular a imagem que os outros terão de você, você pode manipular toda a verdade nesse processo lento e doloroso:

Dica 1

Na primeira semana após o fora, invente que está com gripe suína (também pode ser virose, que nunca sai de moda) e falte, para ninguém saber o quão arrasada você está. Se precisar, arrume um atestado com um médico amigo ou poste foto com máscara cirúrgica nas redes sociais pra dar realismo à gripe suína.

Dica 2

Na segunda semana, ainda abatida pela gripe (o fora), assuma para os três leva e traz que você começou a sair com o médico que te tratou, um jovem de 36 anos, alto, gato, rico e de signo compatível com o seu, chamado Breno. Mas atenção: você tem que ser discreta, quase aparentar ter vergonha de já estar com outro (mesmo que ele seja imaginário), pra não parecer que é psicopata e que quer provocar ciúme no cara que te deu um fora.

Dica 3

Para que fique mais real, vá trabalhar dois dias com a mesma roupa, mas escolha uma roupa bem marcante pra que todos notem que você não passou a noite em casa e repetiu o look. Estampas e brilhos sempre funcionam nessa hora.

Dica 4

Se quiser se vingar, invente pra pessoa mais chata e pentelha da firma que ele é a fim dela. Mas é claro que você não vai falar isso pessoalmente, se abra com o leva e traz amigo dela, contando que ele sempre foi a fim da pentelha, que você ficou sabendo e que todos já sabem, menos ela.

BÔNUS: A PARTE BOA DO FORA DA FIRMA

Além de aumentar a autoestima, e isso já é um presente da vida, o fora da firma é uma vingança, o verdadeiro prato que se come frio. Simplesmente pelo fato de que, quando você leva um fora, o cara que te dá o fora está se sentindo o máximo, por ser o melhor do momento, descoberto por você, mas o legado do garanhão-da-firma-que-todas-querem sempre dura curtas temporadas. Principalmente porque ele se atrapalha com tantas ofertas e queima o filme dele, fica com várias da mesma turma, vira o mau-caráter do escritório e acaba sem ninguém, porque as mulheres começam a odiá-lo.

ENSINAMENTO #16

PASSOU DOS 20 E NÃO SE ENCONTROU

Há mais ou menos dez anos, quando se formou no Ensino Médio, você imaginava que em uma década já seria rica, profissional exemplar, casada, cheia de filhos e, quem sabe, estaria até morando na Suíça, com um empresário chamado Henrique, transferido para lá para ganhar muito mais do que no Brasil e criar seus filhos com qualidade de vida. Você imaginou também que aquela vaga ideia de curso que queria prestar no vestibular seria mais ou menos o que daria certo profissionalmente e te faria feliz no futuro, enquanto criava os bebês que teria com o Henrique.

Isso porque nessa época você ainda achava que tudo isso era sinônimo de sucesso.

Anos depois, você trocou de faculdade ou terminou sua primeira opção já de saco cheio, com a certeza de que se meteu em uma roubada porque antes dos vinte ninguém é capaz de decidir nada sobre o futuro. Mas a triste realidade é que os vinte anos passaram, os 25 também e na chegada dos 28 você percebeu que ainda não sabe nada. Percebeu que a orientação vocacional da escola estava totalmente errada, que os seus últimos três empregos não tinham nada em comum um com o outro nem com você, e que o seu namorado (namorada?) atual é meio bobo, daqueles bons só para postar no Instagram porque é bonitinho, mas jamais será transferido para a Suíça para ficar rico.

Um belo dia você acorda e não sabe mais o que quer fazer, já não suporta sua área, acha tudo muito chato e não entende onde estava com a cabeça quando achou que queria isso pra sua vida. Mas também não faz ideia alguma do que gostaria de fazer, não se vê em nada, não sabe definir em palavras o que tem vontade de fazer. Repensa tudo e não tem muita certeza se gostaria de trabalhar um ano na Disney, fazer *cupcake* para vender ou casar com o primeiro que aparecer e ter um filho para ocupar o tempo com ele.

O mundo começa a te cobrar em dobro para saber logo se você vai ser bem-sucedida aos trinta anos, se vai comprar seu apartamento e sair do aluguel, se vai casar na igreja com um vestido caro e se será uma jovem executiva admirada por todos na firma, com tempo para fazer ioga.

A cobrança te deixa mais maluca ainda, porque se já não bastassem suas próprias dúvidas e a menor ideia do que deveria fazer, quando as pessoas ao seu redor descobrem que você chegou aos 28 e não se encontrou, entram em um desespero maior, tentando encontrar uma função pra você, te sugerindo cursos, empregos, falando sobre mercado de trabalho e tendências de profissões do futuro.

Mas não adianta entrar em pânico! Ter 28 anos e não ter a menor ideia do que quer fazer da vida pode ser a sua melhor fase. Afinal, você ainda é jovem, muito jovem, e tem muito tempo para decidir o que quer ser quando crescer. Este livro te ajuda a descobrir novos talentos, se reinventar, transformar a crise em algo produtivo, com as melhores profissões e atividades que alguém que passou dos 28 e não se encontrou pode exercer, para obter sucesso e status na sociedade.

ATAQUE DE DJ

Essa é a profissão que move o mundo hoje em dia. Atacar de DJ é uma ótima oportunidade, pois todas as lojas, eventos e estandes em feiras pedem por uma pessoa que toque as suas músicas favoritas durante horas, mesmo que o som esteja baixo e que ninguém que passe por ali perceba que existe um DJ presente.

E atacar de DJ é uma profissão muito diferente de ser DJ. Pode ser extremamente lucrativo e interessante em um momento de dúvida profissional, uma vez que a pessoa que faz esse ataque só precisa saber gravar suas músicas favoritas em um CD, mudar de faixa e fingir que mexe nos botões para fazer a foto, sendo que mal sabe aumentar e diminuir o volume.

Mesmo assim, toda vez que uma pessoa ataca de DJ faz sucesso com três entre dez tias, que pedem um cartão para que ele toque em sua festa de cinquenta anos. Além de já garantir ataques em outros cinco eventos, em média. Sendo assim, é um dos empregos que dá mais futuro e visibilidade no mundo hoje em dia.

DIGA QUE TIROU UM ANO SABÁTICO

Todo mundo tem vontade de fazer isso, mas ninguém tem coragem — ou grana, porque um ano sabático é a forma de os ricos ficarem desempregados com glamour. É preciso ter um dinheiro guardado para se dar um tempo, e muita coragem para assumir que não faz nada, nadinha. Quando você diz que tirou um ano sabático, as pessoas te acham muito corajosa e milionária, jamais suspeitam que na verdade você não faz ideia alguma do que quer fazer quando esses 365 dias terminarem.

Além disso, usando o termo "ano sabático" e não "confusão profissional" ou "não me encontrei ainda", você evita por um ano inteiro as perguntas do tipo: "O que você está fazendo?"; "Quais são seus planos?"; "Mas como é o seu trabalho?". Todos vão te perguntar só coisas interessantes como: "Você viu o filme da Sessão da Tarde de hoje, sobre um macaquinho esperto que é melhor amigo de um cachorro que dirige?".

O bom do ano sabático é que você pode descobrir algo de que realmente goste. Já pensou se no auge do tédio você resolve fazer um bolo para comer assistindo Sessão da Tarde e mudando um pouco a receita você faz o melhor bolo do mundo e abre uma confeitaria e fica milionária?

ESTUDANDO PARA SER ATRIZ

Estudar para ser atriz e viver em ensaios de peças de teatro alternativas, fazendo aulas de presença de palco, dicção, fono, expressão corporal. Tudo isso faz você parecer a pessoa mais ocupada do mundo, além de meio misteriosa e *cool*.

Qualquer pessoa sabe que esse é um mercado muito competitivo pois, no Brasil, ser uma atriz que deu certo significa ganhar muito dinheiro, aparecer em capas de revista e influenciar pessoas. Sendo assim, todos vão torcer pela sua carreira, mesmo que ela não dê em nada. Ainda assim, não vão perceber que não deu em nada, pois terão a certeza de que só não chegou o seu momento, mas que vai chegar, pois você faz muitos testes e cursos.

Enquanto estiver no momento atriz, fazendo testes de novela e curtas experimentais, nunca descarte a possibilidade de cair nas graças de algum diretor e acabar fazendo uma ponta em novelas de baixo orçamento. Quem sabe essa não é sua verdadeira vocação?

ESTUDANDO PRA MEDICINA

Todo mundo respeita muito quem decide prestar vestibular para medicina — quem decide isso depois dos 28 então, nem se fala. Todo o processo pode ser muito demorado, anos de cursinho, anos de provas, estudar com hora marcada, cada dia uma matéria, parar de sair na balada para focar.

Essa desculpa é definitivamente muito melhor e duradoura que o ano sabático, porque causa muita admiração nas pessoas, que passam a acreditar que você quer tanto salvar vidas que tem certeza de que nunca é tarde pra isso.

Se você está realmente perdida, estude para medicina: você terá o respeito das pessoas, dos familiares e até daquela sua tia que sempre te deu indireta de que você era folgada. Quem sabe você não se descobre nessa área e vira uma médica milionária aos quarenta?

FAÇA UM BLOG DE MODA E COMPROVE QUE NÃO PRECISA GOSTAR NEM ENTENDER DE MODA PARA TER UM BLOG DE MODA

Sua tia não vai poder fofocar ou opinar sobre o que você faz, já que ela não entende nada de internet, mas ao mesmo tempo, já leu em alguma revista de fofoca que blogueiras de moda ganham muito dinheiro, mais do que as atrizes, os médicos e os DJs que atacam em evento todas as noites.

Comece criando um blog sobre você. Escreva sobre o seu estilo, suas dicas, suas maquiagens preferidas, como você arruma sua pia do banheiro, como você se veste quando está calor no domingo e em que lojas mais gosta de comprar.

Tenha muito dinheiro para usar tudo caro, fazer escova e *babyliss* todos os dias no salão e viajar para Nova York todo mês. Fotografe sua unha toda vez que for à manicure, mostre qual esmalte usou, dê sua opinião sobre as passarelas das semanas de moda de acordo com o que você usa e vai comprar, faça vídeos entrevistando seu cabeleireiro e com a sua amiga mais rica ensinando as pessoas a fazer um rabo de cavalo.

Contrate um fotógrafo para te fotografar em poses casuais, como se fosse um paparazzo que passa o dia na sua rua te esperando sair de salto e vestido florido, para fazer o melhor clique. E encha seu blog com fotos suas em muitas poses, sempre fingindo que não percebeu que aquele paparazzo estava ali.

Em alguns meses, muitas pessoas te amarão, lerão tudo que você escreve, suas dicas e levarão sua foto no salão para copiar o corte de cabelo. Você, que estava em crise profissional, nem vai lembrar mais que precisa trabalhar, porque vai ganhar muito dinheiro marcando presença em eventos e postando dicas de marcas que te contratam.

RESOLVA MORAR FORA

Mesmo que jamais se mude de fato, resolva morar fora e fale para as pessoas que vai morar fora. Passe o dia inteiro pesquisando sobre morar fora, países e cidades em que gostaria de morar, quanto custa, cursos que pode fazer e leia blogs de pessoas contando sua experiência de morar fora.

Todo mundo vai querer saber sobre seus planos de se mudar para o exterior e conversar o tempo todo com você sobre viagens, melhores destinos, experiências próprias, intercâmbio. E mesmo que você nunca chegue a ir, vai ter passado um ano pesquisando, lendo, vai ganhar muita cultura e conhecer o mundo todo sem ter saído de casa. Quem sabe até descubra uma vocação para faculdade de turismo.

VIRE FOTÓGRAFA DE *STREET STYLE*

Pegue uma câmera e vá para as ruas, de preferência as com lojas caras e mulheres saindo do cabeleireiro para eventos exclusivos de moda e encontrinhos de blogueiras. Fotografe pessoas paradas fingindo que não ligam para moda e usando roupas caras e da moda, depois anote seus nomes e pergunte o que é estilo para elas. Crie um blog para colocar essas fotos e passe seus dias fazendo isso.

Em pouco tempo você não só será um sucesso na web, como também será reconhecida como uma grande fotógrafa. Não qualquer fotógrafa, mas uma fotógrafa de site de *street style*. Será contratada para clicar os mais bem-vestidos em eventos, enquanto alguém ataca de DJ e uma blogueira faz presença vip.

ESCREVA UM LIVRO

Faça como nós, que não fazíamos ideia do que fazer da vida e demoramos praticamente um ano para escrever este livro. Meses depois, muitos encontros e acabamos descobrindo que é uma delícia escrever um livro, mas talvez tiremos agora um ano sabático. Se bem que medicina não é de descartar.

• ENSINAMENTO #17 •
Como viver no cheque especial

xistem muitas maneiras de viver a vida, estilos que você adota e segue como uma religião. Ser saudável e sentir prazer em comer quinua; ser gótica no verão brasileiro tomando vinho barato; sonhar em participar de um *reality show* tosco e ficar rica e famosa por alguns meses; falar com todos os amores que arruma com voz de bebê; ou viver eternamente no cheque especial, dia após dia, mês após mês, prestação após prestação.

Tudo começa com um cartão de crédito e um relacionamento sério com o gerente do banco.

Naquela hora você acredita que ele quer o seu bem, pois ofereceu um limite maior, muito maior que seu salário, e que parece que jamais será atingido. Você acha que ele te ama muito e que quer te dar uma garantia de que pode pagar o hospital, caso aconteça um acidente, ou pegar um avião de última hora para salvar alguém na França, na véspera do ano-novo, mesmo que já tenha plano de saúde e que não conheça ninguém na França.

Quando você vê, está parcelando um maxicolar que custa dois salários mínimos em doze vezes, sendo manipulada por cabeleireiros e pagando mais caro em uma escova do que pagaria em uma TV, além de comprar pão de queijo com cartão de crédito.

Quando chega a sua fatura, um mês depois, você descobre que aquele limite que pensou que jamais torraria não era nada perto da sua capacidade de gastar. Além do que, se você tivesse um limite maior, gastaria muito mais, em maxicolares que nunca vai usar, em velas perfumadas, em comandas de baladas e em padarias e restaurantes por quilo.

Sem ter como pagar aquele valor, você tem a brilhante ideia de parcelar em outras doze vezes, e aquele valor passou a ser quinze vezes maior, porque tem juros de cartão e taxas com nomes estranhos. E então começa sua nova vida: a vida no cheque especial, uma vida dedicada a trabalhar, ganhar seu salário e pagar contas assim que recebe. Você fica zerada no mesmo dia e pega um táxi no crédito pra voltar pra casa. Aí começa tudo de novo e passa os próximos trinta dias pagando tudo no crédito, porque não tem saldo suficiente. No final do mês você recebe de novo, paga tudo de novo e fica sem saldo suficiente de novo.

Você não consegue mais parar, é mais forte que você: comprar um sorvete no crédito, um caderno porque a capa é bonita, uma luminária. Começa também a perturbar seus familiares, pedir dinheiro para a mãe, na esperança de pagar o que deve no banco, mas jamais consegue, porque gasta tudo em coisas que nem sabe direito o quê.

O pesadelo continua quando você percebe que precisa gastar dinheiro para ter uma vida social, porque sempre tem algum aniversário para ir e consequentemente um presente para comprar. O encontro no bar com as melhores amigas regado a caipirinha custa os olhos da cara e, quando você pensa que a sua situação não poderia piorar, alguém te chama para ser madrinha de casamento. Aí, além do presente caro que é obrigada a comprar, agora você precisa comprar um vestido e ir ao cabeleireiro. Tudo no cartão de crédito, claro.

Economizar dinheiro e sair desse buraco que você se enfiou é bem trabalhoso e exige muita disciplina, muito tempo e, dependendo do tamanho da dívida, talvez você fique sem sair pra balada ou comprar um vestido nos próximos meses. Chega de jantar fora, de comprar ingressos para festas e shows, de torrar o seu dinheiro com caipirinha no fim de semana, de gastar um dinheirão em táxi ou gasolina, em roupa e na conta do celular.

Por outro lado, ficar trancada em casa durante o mês inteiro pode ser a pior das ideias. Nesse momento de *rehab* financeira é possível sair de casa, comer fora, encontrar os amigos e frequentar festas sem gastar um real, e afirmamos isso por experiência própria. Além de sair do buraco, com essas dicas você vai aprender a viver uma vida econômica. Você vai entrar em uma nova era, a era P.C.E., também conhecida como "Pós-Cheque Especial".

Dica 1:
○ Como comer e beber sem gastar nada

Frequente lançamentos de lojas e de livros, vernissages, *open houses* e coisas do tipo, indo a mais de um evento por dia, de preferência a todos que te chamarem e a todos que você ficar sabendo. Nesses eventos você consegue se alimentar bem e de forma variada, pois em um lançamento de livro às 11h o buffet pode inovar com uma comida mexicana, enquanto numa loja de sapatos às 17h podem servir saladinha com mussarela de búfala. Já no *open house* você pode sentar ao lado do pote de salgadinhos e comer até se sentir satisfeita. Coma sem medo de ser feliz, pois todo mundo que lança uma coleção ou um livro sofre com medo de o evento ser um fracasso. Eles ficam extremamente agradecidos pela sua presença, mesmo que você não pare de comer e não compre a roupa ou o livro, além do garçom ficar agradecido por você ser a única pessoa que não está de dieta ali, fazendo o trabalho dele valer muito mais.

Nos dias que a cidade estiver calma, sem lançamentos e eventos, veja nas redes sociais quem fez *check-in* em restaurantes e passe na frente. Diga que estava pelo bairro e que resolveu passar para dar um beijo, coma o couvert enquanto bate um papo, não pague nada e vá embora, dizendo que está correndo, atrasada para um *open house*.

Dica 2
◐ **Como frequentar festas de graça**

Seja amiga de promoters, uma amizade que você faz indo a todos os eventos e lançamentos, pois assim como os donos da loja e autores dos livros, eles também ficam muito gratos pela sua presença ali, porque faz o trabalho deles ser valorizado, e assim os contratam mais vezes. A maioria dos promoters de lançamentos de lojas e livros também convida para festas exclusivas com *open bar*, e com essa amizade que acabou de fazer, você vai garantir festas badaladas pelo menos três vezes por semana. Cultive essa amizade, ela é a sua bolsa-festa.

Dica 3
▷ **Como se locomover na noite sem pagar o táxi com bandeira 2 ou o Uber inflacionado**

Toda vez que estiver em uma festa exclusiva com *open bar*, enrole os caras que você perceber que estão a fim de você, fingindo que vai ficar com eles. Diga que o som da festa está te incomodando e que você prefere conversar em um local mais tranquilo. Ele vai sugerir sair de lá e te levar para outro lugar. Convide para ir a sua casa. Quando ele chegar na porta e achar que vai subir, agradeça a carona e diga que está morrendo de sono.

Dica 4
▷ **Como beber de graça em festas que não têm *open bar***

Cole nos mais bêbados da balada — aqueles que já começaram a derramar as bebidas e se abrir contando que levaram um pé na bunda — e peça a sua cerveja de volta. Falando com ar de irritada e séria, eles vão acreditar que pegaram a sua cerveja por engano e vão te devolver.

Mas saiba que essa tática é extremamente perigosa, pois você não sabe se a pessoa está com amigdalite, e depois você vai acordar cheia de pus na garganta, fazendo com que o feitiço vire contra a feiticeira, te colocando numa roubada.

Dica 5
◐ **Como se vestir sem poder comprar roupas novas que custem mais que vinte reais**

O melhor truque nesse caso é ser contra o capitalismo e a moda. Diga o tempo todo para amigos e nas redes sociais que as pessoas perderam a personalidade, que se vestem todas iguais, que você não quer seguir esse sistema e que trabalhadores estão sendo explorados enquanto patricinhas compram bolsas que custam mais que um carro. Por isso que você só frequenta brechós, valoriza muito o estilo próprio e a individualidade do ser humano, além de ser sustentável e não gastar mais energia do mundo.

Dica 6

◐ **Como viver sem celular porque não tem como pagar a conta**

Abra mão do celular para sair de vez do cheque especial. Além de a conta ser cara, você sempre acaba parcelando o aparelho do momento em doze vezes, depois perde o telefone em uma festa exclusiva com *open bar* antes de pagar a quarta parcela. Para viver nesse mundo sem ter celular, fale que você é contra o uso do aparelho. Explique que os efeitos das ondas de radiação são devastadores e existem pesquisas que comprovam uma relação entre o excesso de radiação eletromagnética e a infertilidade, e que você sabe disso pois tem um tio que é cientista da NASA.

Além disso, diga que você é contra o capitalismo, o sistema e a exploração de mão de obra que produz esses aparelhos loucamente, para serem vendidos e descartados um ano depois, substituídos por um novo modelo. Todos vão te respeitar muito e achar que é intelectual, e não que está quebrada.

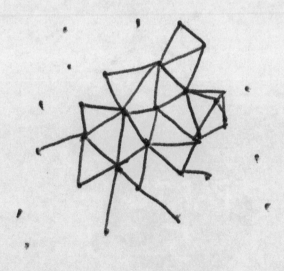

Influenciando Pessoas

• ENSINAMENTO #18 •
DEZ MANEIRAS DE MARCAR JANTARES E ALMOÇOS E NUNCA APARECER

Você bem que tentou desviar, olhou com cara de paisagem para outro lado, fingiu atender uma ligação no celular, mas acabou sendo vista pelo seu amigo da época da escola, que com um sorriso no rosto, fez questão de ir conversar com você. Obviamente ele perguntou sobre marido e filhos, obviamente você mentiu, contando do Breno e dos gêmeos fofos que, aliás, você precisa sair para buscar na natação, e, no fim da conversa, quase que no automático você solta: "Vamos marcar, sim. Como você tá na semana que vem?"; ou "Então a gente se vê lá, eu vou, com certeza.". Mas não, você não vai, você sabe que não vai. O difícil é assumir e dá preguiça de explicar.

Não tem problema: todo mundo faz isso, seja com o amigo simpático da escola, com conhecidos sem importância do dia a dia ou com aquela melhor amiga que ficou chata e você quer terminar. Caso algum resquício de culpa surja na sua cabeça, estamos aqui para te dizer que tudo bem, dá pra não aparecer e continuar dizendo que vai, ou melhor, dá para não aparecer, continuar combinando e ainda por cima botar a culpa nos outros!

Dica 1

A gripe suína e a virose são doenças-coringa, elas enganam em qualquer lugar ou estação do ano. Pode reparar, qualquer pessoa do trabalho que tenha uma delas nunca precisa provar, e ninguém quer te encontrar nesse momento pra confirmar se é mesmo verdade. O único problema é que com as redes sociais é muito fácil que você mesma acabe se desmentindo. Então, se você disser para alguém que está com uma dessas doenças e por isso não vai poder jantar, tenha a esperteza de anotar na agenda lembretes como: "Hoje estou com gripe suína *fake*".

Fique apenas circulando pelo bairro, já que você não vai estar usando máscara cirúrgica nem estará com disenteria, e se encontrar algum amigo — o que sempre acaba acontecendo quando você desmarca jantar com alguém por preguiça —, proíba que ele poste as fotos nas redes sociais. Manere nos comentários no Facebook e no Twitter, que mostrem que você está saudável, feliz ou coisa do tipo; faça apenas comentários deprês como se estivesse realmente doente.

Dica 2

Explique que seu amigo Henrique, que morou em Londres por oito anos, acaba de chegar ao Brasil, e você e sua turma de cinco melhores amigos estão indo à casa dele fazer um jantarzinho (mas tem que falar "jantarzinho", que é irritante e já dá a chance de a pessoa nem querer mais sair com você porque você fala "jantarzinho"). Nesse caso, abuse das fotos nas redes sociais. Para fingir que está com várias pessoas, junte as pontas de vários sapatos e faça fotos como se fossem todos os seus amigos juntos. Outra opção são as taças de vinho num estilo brinde, nunca sai de moda.

Dica 3

Arrisque, faça com que essa amizade, que na verdade nem existe, termine de uma vez por todas. É assim: sempre que ele te fizer algum convite, faça na mesma hora outro convite absurdo do tipo: "E aí, vamos jogar *paintball*?". A chance de a pessoa dizer que não pode é enorme, e aí é só você completar com: "Mas, poxa, você só me dá furo, hein?" e pronto. Quem leva a fama de furão é o outro e quem sabe assim ele perceba que vocês não têm absolutamente nada em comum.

Outras atividades que também afastam as pessoas para sempre de você: aula de cerâmica; trilha com escalada; acampamento em uma represa com o pessoal do trabalho; dança flamenca; e trabalho voluntário segurando o banner de uma feira por oito horas.

Dica 4

Explique que não pode ir ao evento porque a sua amiga Núria, que faz mapa astral, disse que você estava na pior combinação de planetas possível e que era melhor não sair de casa. Aproveite e pergunte para a pessoa qual é o signo dela e, não importa qual seja, diga que ela tem uma personalidade difícil, é bem teimosa, mas que o lado bom é que ela é pé no chão e racional. Diga que ela é muito racional mesmo e é uma pessoa que gosta de coisas boas, e que bem hoje no signo dela está rolando um eclipse em escorpião, é melhor que ela não saia de casa por causa disso. E como essas são características que você pode falar pra qualquer um dos doze signos, já que todo mundo vai dizer que é assim mesmo, a pessoa vai te achar muito especial e te agradecer eternamente por não ter ido, mas ter feito esse mapa astral de graça.

Dica 5

Quando a pessoa em questão for muito chata, alguém que estudou com você, mas que você nem passava o recreio junto e que agora está forçando a intimidade só porque descobriu que você tem um Facebook badalado, não tenha medo de magoá-la. Diga que vai sim, mas não apareça, e quando a encontrar novamente, puxe o assunto dizendo que adorou aquele dia e que está louca para marcar outro encontro de novo, e saia andando fazendo sinal de paz e amor.

Dica 6

Diga que conheceu um cara da Croácia pela internet, em um chat sobre *paintball* ou dança flamenca, que já deixa a pessoa com o pé atrás com você, arrependida de um dia ter te chamado pra jantar. Desculpe-se por não poder ir e avise que não tem como remarcar pra nenhuma outra data, porque a partir de agora todas as suas noites, das 19h à 1h, você vai estar 100% dedicada e disponível pra esse amor. Vai conversar no Skype, afinal de contas, a gente não conhece um cara legal todos os dias, muito menos um cara da Croácia, a nova Grécia até o momento da impressão deste livro (na verdade não temos nenhum dado que comprove, mas foi o que lemos no Twitter).

Dica 7

Ligue algumas horas antes do jantar e diga para a pessoa que insistiu em te convidar que não pode sair de casa, pois esta é a noite da consciência energética universal, em que todas as pessoas que querem preservar as calotas polares e que sentem amor pela Mãe Natureza devem ficar em casa à luz de velas. Quando a pessoa responder que nunca ouviu falar desse dia, diga que jamais poderia ser amiga de alguém que não se preocupa com a Mãe Natureza e desligue na cara dela.

Dica 8

Crie um e-mail *fake* em nome de um assessor chamado Bernardo. Escreva para a pessoa que te chamou para jantar dizendo que sua cliente (você, no caso) não poderá comparecer por motivos profissionais, mas que ele pede desculpas em seu nome e no nome de sua assessoria, e que voltarão a entrar em contato. Caso encontre a pessoa no futuro, e ela mencione esse contato que nunca existiu, culpe o assessor Bernardo e diga que ele era incompetente e que já o demitiu.

Dica 9

Diga que ganhou um filhote de cachorro e que não pode sair de casa porque ele chora muito quando fica sozinho. A pessoa vai ficar sensibilizada, pois todos amam filhotinhos e, para deixá-la mais sensibilizada ainda, diga que o cachorrinho foi adotado da rua e que você está fazendo essa boa ação. Depois, adote um cachorrinho de verdade, porque eles são fofos e não existe desculpa melhor para nunca mais sair de casa.

Dica 10

Ligue para a pessoa com quem não quer jantar e peça desculpas porque vai faltar. Diga que sua vizinha está em trabalho de parto e pediu para você cuidar dos outros dois filhos dela. Diga que o marido dela é produtor de um grupo de axé, está em turnê pelo Nordeste e só volta para casa em vinte dias, tempo que você vai ficar com as crianças. Além disso, é o tempo ideal para a pessoa esquecer esse jantar e não tentar marcar outro até o próximo encontro casual de vocês.

ENSINAMENTO #19

Como Terminar Conversas Chatas de A a Z

Sempre encontramos alguém ou falamos no telefone ou mesmo pela internet, mas nem sempre estamos a fim de conversar. Mas, mesmo assim, há pessoas que não se tocam e continuam falando incessantemente. Para essas ocasiões, reservamos as seguintes dicas para terminar uma conversa:

- **A** – A gente vai se falando, então!
- **B** – Bom falar com você! Vamos repetir?
- **C** – Caso você passe pelo bairro, me liga que te encontro!

◐ **D** – Depois das 19h30 é sempre mais tranquilo para mim.

◐ **E** – Espero você me ligar, então.

◐ **F** – Falamos mais para o meio da semana.

◐ **G** – Gostei de ter ver, vamos repetir em breve com mais calma!

◐ **H** – Há dias estou para te ligar, temos que marcar um almoço qualquer dia desses!

◐ **I** – Isso, me liga, sim!

◐ **J** – Já anotei o seu número, te ligo na semana que vem.

◐ **K** – Katmandu, conhece? Estou indo pra lá hoje, por isso estou meio corrida, nos falamos na minha volta...

◐ **L** – Lógico que eu vou, nos vemos lá!

◐ **M** – Me liga amanhã que a gente combina.

◐ **N** – Não vou esquecer de jeito nenhum. Sábado, né? Ok.

◐ **O** – Ótimo, tá combinado, então.

◐ **P** – Perfeito, te ligo assim que as coisas acalmarem por aqui!

◐ **Q** – Quero conversar mais, da semana que vem não passa!

◐ **R** – Resolve que dia é melhor para você e me avisa!

◐ **S** – Saudades, a gente tem que se ver mais.

◐ **T** – Tá certo então, eu apareço lá na terça-feira.

◐ **U** – Uma pena não poder ficar mais, como você está na semana que vem?

◐ **V** – Vai lá em casa, quando quiser, tá convidado!

◐ **W** – Wow, me deu uma tontura agora, vou buscar sal, já venho.

◐ **X** – Xingar, é isso que eu vou fazer se você não aparecer, hein!

◐ **Y** – Yesss! (Apenas grite "Yes" e saia andando, ninguém vai querer ser seu amigo depois disso.)

◐ **Z** – Zumbi. Você tá mais sumido que Zumbi! Aparece!

• ENSINAMENTO #20 •

MANUAL DA INDIRETA

 aso você não tenha reparado ainda, a indireta move o mundo. Se você tem uma convivência mínima com seres humanos, pode contar que passa pelo menos cinco indiretas por dia, entre redes sociais e conversas ao vivo. Nada funciona tão bem na mente humana como uma indireta: nas redes sociais, por exemplo, você sempre a manda para apenas uma pessoa, mas no mínimo outras oitocentas ficam doídas, já que a carapuça serviu.

Todo publicitário deveria ler este ensinamento e perceber que o *case* de sucesso que procura pra criar um viral de internet ou para manipular a cabeça de toda uma população está nas indiretas.

Imagina, por exemplo, se em vez de uma campanha de sabão em pó dizer "Esse sabão em pó deixa sua roupa muito mais branca", aparecesse uma dona de casa com uma camisa branca impecável e dissesse: "Pois é, tem gente que não tá lavando a roupa direito mesmo...". Funcionaria muito mais, todo mundo nesse momento olharia pra própria roupa e pensaria: "Essa foi pra mim!".

O sucesso de uma indireta é proporcional à perturbação que ela causa em quem lê ou ouve. E quanto mais abrangente a indireta for, maior o número de pessoas atingidas e maior será seu êxito.

E como este livro te ensina a ser uma pessoa de sucesso, você agora vai aprender como influenciar toda uma nação usando as 28 indiretas universais, que fazem qualquer pessoa se sentir mal e achar que você sabe tudo sobre elas e sobre seus pontos fracos.

Indireta 1
As máscaras caem, a gente não pode confiar em ninguém nessa vida.

Indireta 2
Gente que se diz ocupada, mas não sai das redes sociais...

Indireta 3
As pessoas comentam, viu? Risos.

Indireta 4
Falem bem, falem mal, mas falem de mim. Vocês sabem quem vocês são...

Indireta 5
Não sou eu que tá sempre de porre, né, galera?

Indireta 6
Ir pra balada é fácil, quero ver ir trabalhar.

Indireta 7
Faz a simpática achando que eu não sei de nada, coitada.

Indireta 8
Não confio em gente que diz que ama todo mundo.

Indireta 9
Essas pessoas que cada hora aparecem com uma nova melhor amiga na verdade não são amigas de ninguém.

Indireta 10
Gente que escreve em outra língua pra mostrar que sabe, mas escreve errado.

Indireta 11
Alguém avisa esses críticos de Twitter que a opinião deles não muda nada?

Indireta 12
Gente ruim acaba junta mesmo.

Indireta 13
Disfarçar inveja em crítica é o que mais se vê por aqui.

Indireta 14
Me segue no Instagram e vê todos os meus Stories, mas quando encontra comigo nunca me dá oi.

Indireta 15
A gente só conhece as pessoas de verdade quando dá poder a elas.

Indireta 16
Tem umas pessoas aí que se soubessem o que o namorado faz quando sai sozinho não estariam tuitando tão felizes.

Indireta 17
Que bom que você acha que ele gosta (só) de você.

Indireta 18
A pessoa acha que está te enganando, mas no fundo está enganando ela mesma.

Indireta 19
Playboy que paga de mano, até quando?

Indireta 20
Se diz humilde e legal, mas não dá nem bom dia pro porteiro.

Indireta 21
Tem gente que nunca ouviu falar em espelho...

Indireta 22
Como deve dar trabalho querer ser relevante nas redes sociais.

Indireta 23
Por que não vende essa bolsa cara e paga uma professora de português?

Indireta 24

Algumas coisas da vida podem até não ter preço, mas têm troco.

Indireta 25

Eu não guardo mágoas, eu guardo nomes.

Indireta 26

Tudo que vai volta, é impressionante.

Indireta 27

Alguém avisa que não ficou bom? Não vou nem falar o que, vocês que descubram...

Indireta 28

Cada um tem o que merece.

• ENSINAMENTO #21 •

ESPANTANDO PESSOAS NO AVIÃO PARA QUE NÃO FALEM COM VOCÊ

eve ser por falta de oxigênio lá em cima — ou muito calmante e remédio para dormir para enfrentar o voo —, mas as pessoas ficam especialmente sem noção quando estão dentro de um avião.

Puxar papo com a pessoa ao lado é uma coisa que deveria ser proibida, porque nunca dá certo e sempre rolam momentos de constrangimento quando o assunto acaba e você não sabe se aborda outro tema ou finge que está dormindo. E o pior, você nunca viu aquela pessoa nem nunca mais vai ver, mas ela acha que foi o destino que os uniu tão perto por horas, e se sente no direito de fazer perguntas de sala de bate-papo 25 a 35 anos: como você chama, o que faz da vida, que tipo de música curte e de onde tecla. É o mesmo tipo de gente que comenta sobre o tempo no elevador ou que pergunta significados de tatuagem para se enturmar.

Mas o problema seria pequeno se as pessoas só puxassem papo. Acontece que elas precisam de mais, elas dão em cima de quem senta ao lado. Perguntam da sua vida pessoal em três minutos, querem saber detalhes. Você pode até abrir um livro sobre psicopatas, mas elas vão achar uma forma de perguntar se o livro é bom e se você recomenda.

Através de uma pesquisa (feita com apenas um cara, o namorado da Camila), comprovamos que a probabilidade de uma pessoa bonita e atraente sentar ao seu lado em um avião é quase nula. Deve ser por isso que as pessoas se desesperam com qualquer uma que senta ao seu lado, e deve ser por isso também que as aeromoças são gatas.

A coisa mais comum é o fetiche de gente que senta do seu lado no avião e acha que vai ficar com você só pela aventura e adrenalina de ter um caso com uma desconhecida nos ares, mas segundo pesquisas feitas também com um cara (o namorado da Camila), é quase zero a chance de você conhecer alguém que já teve um caso num avião e se pegou no banheiro com alguém que sentou ao seu lado no voo. Isso só acontece em filme pornô ou livros eróticos para donas de casa.

Mas como as pessoas não desistem nunca, saiba que oito de cada dez voos que você pegar trarão de brinde um ser que sentará ao seu lado e perguntará se a sua panqueca de frango está boa, dando uma piscadinha e achando que a noite está ganha.

TUTORIAL PARA NINGUÉM PUXAR ASSUNTO COM VOCÊ NEM QUERER TE PAQUERAR EM UM VOO

O ideal para que ninguém fale com você em um avião é criar um kit que espante qualquer pessoa que sente ao seu lado desde a hora que chega. Fone de ouvido, tampão de ouvido, salgadinho sabor cebola, máscara de dormir e hidratante de pera com glitter, daqueles que sua prima te dá de presente do free shop e fedem muito. Mas esses itens básicos geralmente não servem pra nada, porque quem é sem noção de verdade faz questão de ignorar um fone nas alturas e conversar com você mesmo assim. Isso sem contar que muita gente gosta de hidratante de pera com glitter que vende no free shop.

Para espantar qualquer pessoa que vai passar as próximas horas ao seu lado, e fazer com que jamais perguntem se esse filme do Leonardo DiCaprio é bom, você vai precisar também de um kit básico, seu novo companheiro de viagens e de vida. E o melhor, ele pode ser montado em casa, com baixo custo e criatividade.

MATERIAIS

- Tesoura sem ponta.
- Cartolina.
- Impressora.
- Computador ligado na impressora.
- Papel contact transparente.

Você agora vai criar uma capa falsa de livro, para usar em todas as suas viagens, que vai bloquear qualquer pessoa de chegar perto de você e deve ser feita em tamanho padrão, para ser usada em todo livro que você estiver lendo.

❶ Imprima o título: *Doenças ginecológicas de A a Z: diga adeus à coceirinha*.

❷ Recorte o título e cole em uma cartolina com um tamanho padrão de capa de livro. Dependendo do livro, pode ser 16 cm x 23 cm ou 17 cm x 24 cm, mas isso pode variar.

❸ Encape com contact transparente.

E está pronta para viagens de até catorze horas, pois é de A a Z, e você pode fingir que lê essa obra até a hora de dormir.

Ninguém que sentar do seu lado vai querer te beijar depois de saber que você está lendo um livro desses, que obviamente ninguém lê por curiosidade. Também é muito provável que não queiram conversar com você nem usar o mesmo banheiro, já que a coisa parece ter tomado um rumo sério, que precisa de um livro para esclarecer.

No entanto, às vezes nem o melhor dos planos dá certo, então pode ser que a pessoa te pergunte onde você comprou o livro da coceirinha, porque ela também precisa ou porque é ginecologista. Caso isso aconteça, tente espantar o colega ao lado mais uma vez, interrompendo-o na hora e pedindo para ele participar de um abaixo-assinado. Diga que é a favor dos tatus-bola goianos. É, diga que o Centro-Oeste foi uma terra muito rica e fértil nessa espécie em meados de 1982, mas hoje em dia uma ave de rapina devastou a cadeia alimentar, prejudicando o tatu-bola e o fazendo sumir quase que por completo. Hoje temos terras especialmente dedicadas para a criação da espécie, que já estão sendo sondadas por uma grande rede de fast-food que quer patrocinar a volta da carne do tatu-bola, como uma fonte de proteína muito rica em ômega três. O tatu-bola voltou com tudo no Brasil.

Mas para você falar todo esse texto sem sentido algum, não esqueça de imprimir antes um abaixo-assinado padrão que, assim como a maioria dos abaixo-assinados com os quais as pessoas nos abordam pedindo assinatura, não tem nada escrito sobre o que é o abaixo-assinado, mas pede CPF, RG, endereço, e-mail e tipo sanguíneo.

O ideal é que você sempre leve também um cadastro para a pessoa preencher durante as próximas cinco horas e te deixe em paz, e que ele tenha em média catorze páginas, sendo que a última peça para escrever uma redação sobre o tema "Globalização".

E a dica mais importante: se mesmo depois do fone de ouvido, do hidratante fedido, do livro da coceirinha, do tatu-bola e do cadastro de catorze páginas que termina com uma redação a pessoa que sentou ao seu lado ainda quiser puxar assunto com você, e ainda tem o fetiche de te pegar no banheiro do avião, é porque merece que você dê uma chance e temos certeza de que é o homem da sua vida, pois ele te aceita acima de tudo. Tudo mesmo.

Fique com ele no banheiro do avião, pois o amor é aceitação.

Influenciando Astrólogas e Cartomantes

Se você procura uma cartomante ou uma astróloga, é porque sua vida está zoada em alguma área. Ninguém que está bem paga para ouvir de uma pessoa desconhecida que tudo vai dar certo ou que diz o que fazer para dar. Sério, você acha que é possível um diálogo desse tipo? Veja:

- **Cartomante:** Então me conta, Fulana, você cansou da vida de solteira?
- **Fulana:** Não, na verdade eu tô com o Marcos há mais de dois anos.
- **Cartomante:** Não... Mas tem uma crise aí.

◐ **Fulana:** Menina, cê sabe que não? O Marcos é maravilhoso, eu não tenho a menor dúvida de que ele é o homem da minha vida.

◐ **Cartomante:** Mas tem um moreno no seu caminho... entre você e o Marcos... Você sabe, né?

◐ **Fulana:** Ai! Nosso bebê! O Jonathan, que bebê lindo e moreninho. Ai, que moreninho especial.

◐ **Cartomante:** E no trabalho? Que que tá acontecendo, me conta? Tá infeliz, tá perdida, quer uma promoção? Tá desempregada, é isso?

◐ **Fulana:** Magina! Eu sou a diretora da maior agência de publicidade do Brasil. E ainda tenho uma rede de salões de beleza e várias cabeças de gado, imagina, tô tranquila.

◐ **Cartomante:** Sei... Eu vejo mesmo que o problema é a sua mãe, essa relação de vocês, né... arrastada, complicada às vezes.

◐ **Fulana:** Mamãe? Mamãe tá lá fora me esperando no carro, a gente vai pegar o Jonathan na escolinha! Tá pra nascer uma avó mais dedicada do que ela, viu...

◐ **Cartomante:** E a relação com seu pai...

◐ **Fulana:** Nossa, eu sou mais apegada a ele do que à minha mãe, eles são casados faz 45 anos e se completam, inclusive ele tá fazendo o jantar agora e vai todo mundo pra lá. Ele tá cozinhando com o meu marido, eles são muito unidos também...

◐ **Cartomante:** Então por que você tá aqui, por que veio me consultar?

◐ **Fulana:** Ué, porque me falaram que você era muito boa e que dava ótimos conselhos... Mas tá tudo bem com você? Eu tô te sentindo meio transtornada. O que foi? Pode falar.

◐ **Cartomante:** Não, não tá tudo bem...

◐ **Fulana:** Meu Deus, pode falar, que que houve?

◐ **Cartomante:** Eu tô sentindo meu marido distante...

Diálogos impossíveis à parte, a maioria das cartomantes e astrólogas têm o dom de te botar pra cima, falar o que você quer ouvir, afinal, nenhuma delas quer que você saia de lá achando que não existe a sua metade da laranja, um emprego melhor e a solução para os problemas familiares. Incentivamos o uso da cartomante e da astróloga semestralmente, mais do que isso, queremos que você tire o melhor dessa situação, por isso desenvolvemos este guia para manipular profissionais da área esotérica.

Para começar, você precisa saber como funciona a dinâmica de frequentar uma cartomante ou astróloga. Qualquer pessoa que vai a uma consulta dos astros sai de lá aumentando tudo o que ouviu. Você já reparou que toda vez que sai de uma sessão, a mulher acertou três coisas, mas na hora que alguém pergunta como foi, você fala com toda a convicção que ela acertou tudo?! E aí começa a mentir, dizendo que ela sabia tudo sobre sua mãe, sua avó e o ex da escola. E que sacou que você está sonhando com um apê maior na hora em que sentou na mesa. Mas quem não quer um apê maior?

Depois de aumentar tudo o que ouviu, todas as pessoas que você conhece vão para casa e processam a história, para passá-la adiante como se fosse uma corrente, aumentando mais ainda a cada versão contada. E contam para a amiga que tem uma amiga que foi numa cartomante muito boa que acertou de cara que ela tinha um namorado argentino, uma avó bipolar e que estava de saco cheio do emprego.

Então, se você ouviu uma história de uma amiga da sua amiga que foi em uma vidente que acertou que ela tinha uma tia chamada Joelma, que era uma cobra e estava envenenando o casamento dela com o Bernardo, que ela também acertou o nome, saiba que a verdadeira versão foi que a vidente perguntou pra amiga da amiga da amiga da sua amiga se ela achava que tinha alguém colocando mau-olhado no relacionamento dela.

USANDO OS CLICHÊS A SEU FAVOR

Uma vez que todos já sabem que quem procura uma consulta esotérica está com problemas ou no amor ou no trabalho, toda cartomante ou astróloga acaba se aproveitando disso. São temas batidos, que podem ser abordados com qualquer pessoa de qualquer idade, classe social e sexo. Toda vez que você conversa com alguém percebe que a vidente falou para a pessoa as mesmas coisas que outra vidente falou para você, mas mesmo assim, quando é você quem ouve, você se sente muito especial.

Como tudo na vida, porém, segundo este livro, os clichês podem ser usados a seu favor.

Clichê 1

○ **A relação com a mãe:** "Eu estou vendo que sua mãe tem uma importância muito grande na sua vida". Comentário: qual mãe não tem importância na vida de uma filha? Se você se dá bem com ela, vocês tem uma relação importante; se você se dá mal, também. Se você nem conhece sua mãe, também tem uma relação importante. Você conhece alguém que responderia: "Não, minha mãe não tem importância alguma na minha vida"? Se você conhece, distancie-se porque ela é uma psicopata e saiba que as mães têm muita importância na vida dos psicopatas, ou seja, quem está certo? Os videntes de novo, sempre.

○ **Dica de manipulação:** Corte o caminho e poupe a vidente de tentar descobrir qual é a importância da sua mãe na sua vida, se é positiva ou negativa, afinal de contas isso é assunto para resolver no analista. Quando a vidente mencionar a palavra "mãe" já responda de cara: "Ahan, ela tem muita importância na minha vida. Você tá vendo algum cara moreno pra eu conhecer em agosto? Eu tô pensando em fazer uma viagem que vai mudar minha forma de ver o mundo". Introduza todos os assuntos clichês de cartomante, mas que são temas gostosos de conversar, porque não são lavação de roupa suja no analista.

Clichê 2

◐ **Batalhadora:** Todo mundo se considera muito batalhador, porque até o fato de não fazer nada e ainda ter que convencer as pessoas de que você faz muita coisa dá muito trabalho. Inclusive ser batalhador não significa muita coisa. Um *big brother* que fica em pé e ganha uma prova do líder é um batalhador. Então, quando uma vidente liga a palavra "batalhadora" a você, você já acredita que ela te lê profundamente e já imagina alguma cena recente pela qual qualquer pessoa pode passar, como você presa no trânsito por horas voltando do trabalho; configurando um programa no computador; conseguindo cancelar uma linha na operadora de celular; economizando dinheiro, trabalhando com hidratação capilar em casa. Tudo isso é uma batalha, sim, e você é batalhadora! E quer saber mais? Vai conhecer um cara em agosto! E sabe a viagem que você está planejando fazer? Ela vai mudar sua vida!

◐ **Dica de manipulação:** Quando a vidente mencionar a palavra "batalhadora", você tem que mentir, mentir muito, exagerar sua história de batalhas diárias, mostrar que é uma pessoa sofrida, que passou por tudo nessa vida e enfrenta cada dia com muita garra e coragem. Quanto mais sofrida você mentir que é, mais ela vai exagerar nas previsões pra te confortar. Primeiro porque é o trabalho dela, segundo porque é uma reação natural. Quando alguém está muito mal, falamos coisas maravilhosas pra pessoa se sentir bem. Mentindo sobre ser batalhadora, você vai ouvir que terá um futuro magnífico, com acontecimentos históricos no próximo mês de agosto e vai sair de lá pronta pra ser uma vencedora. Todas as vezes que você contar essa história para as pessoas, você vai ignorar que mentiu e dizer que sabe que seu futuro vai ser maravilhoso.

Clichê 3

◯ **Querer sempre mais:** Você conhece alguém que quer algo menos? Um salário menor, um emprego pior, um carro mais velho, um apartamento num bairro pior, um namorado... Temos certeza de que não. E as videntes também têm essa certeza, mas mesmo assim, toda vez que elas jogam a frase "Você é uma pessoa que quer sempre mais, não é?", você se emociona, porque, sim, você quer, eu quero, ele quer, seja ele quem for, e até seu cachorro, se pudesse falar, pediria um ossinho maior.

◯ **Dica de manipulação:** Quando a cartomante ou astróloga olhar pra você e falar a grande frase "Você é uma pessoa que quer sempre mais, não é?", responda na lata: "Sim, uma casa própria". Ela com certeza vai te dizer com ar de mistério: "Mas você sabe que eu tô vendo aqui... você vai ter, viu... e vai ser logo". Nessa hora, você manipula a vidente e começa a usá-la como consultora financeira, afinal, já que ela comentou, ela que se vire pra te ajudar.

Faça perguntas como: "Mas você acha que eu devo juntar esse dinheiro no CDB ou você tem alguma outra renda fixa pra indicar?"; "O que você acha da poupança?"; "Você acha que eu devo economizar quanto por mês pra comprar em três anos? Mil? Oitocentos?"; "E financiamento, tem algum que você indica?"; "Olha, esse aqui é um holerite meu, isso é o que eu tiro por mês. Pra parcelas suaves dos primeiros três anos, quanto você acha que eu tenho que dar de entrada?".

E continue fazendo perguntas sobre consultoria financeira até o fim do seu horário, pra economizar com um consultor e poder gastar esse dinheiro em uma viagem em agosto, que vai mudar sua forma de ver o mundo e vai te fazer conhecer um moreno.

Clichê 4

◌ **Encontrar um moreno em agosto:** Se você é solteira e vai à vidente, tudo o que quer ouvir é que vai conhecer um cara, e se ele for um moreno em agosto a história vai ficar muito mais excitante, pois não é qualquer cara, é um moreno e é em agosto. Se você é comprometida e vai à vidente porque está em crise no relacionamento ou no trabalho, ouvir da vidente que em agosto você conhecerá um moreno faz com que qualquer crise automaticamente acabe. Afinal, quem vai pensar na briga com o namorado ou no trabalho já estando completamente obcecada com a possibilidade de conhecer um moreno e, ainda por cima, em agosto? Até um homem hétero que se consultar com uma vidente e ouvir que vai conhecer um moreno em agosto vai ficar balançado, porque um moreno em agosto está acima de qualquer cara hétero, ele é um moreno e a gente está falando de agosto.

◐ **Dica de manipulação:** Quando a vidente citar que você irá conhecer um moreno em agosto, é a hora de falar tudo que você espera de um cara, tudo o que idealiza fisicamente com detalhes de como tem que ser esse moreno em agosto. Como deve ser o momento em que vocês vão se encontrar em agosto, como você estará vestida, o que ele vai te dizer, como vai ser o primeiro beijo. Além disso, peça a ela para contar os detalhes da decoração da casa dele quando ele te levar lá, peça pra contar da família, seus cunhados, sua sogra, características dele que você gosta muito, por exemplo, os oito anos que ele morou em

Londres, que tipo de música ele curte, que ele odeia aquela banda chamada Creed, que ele tem um labrador e um golden retriever e que ele prefere beber veneno a tocar gaita.

Quanto mais detalhes, mais a vidente vai poder te iludir e mais completa vai ficar a fantasia dentro da sua cabeça. Sendo assim, maior será a probabilidade de acontecer, porque tudo que você quer muito acaba acontecendo. E, na dúvida, fique com qualquer moreno que você conhecer em agosto, seja você solteira, casada, um cara hétero ou uma mulher lésbica. Afinal você não pode perder esse cara, é o cara da sua vida, e provavelmente vai te levar para uma grande viagem, que vai mudar sua forma de ver o mundo.

Clichê 5

◗ **Viagem:** Em qualquer mês do ano e em qualquer fase da sua vida, você vai sentir vontade de viajar, seja por causa de feriados prolongados, seja por inveja de pessoas que postam viagens legais em redes sociais, seja porque você sempre quer algo melhor, seja por uma novela que se passa em um país exótico e te faz ter vontade de visitar. Mas isso não necessariamente quer dizer que você tem dinheiro pra fazer essa viagem.

Porém, se você ficar se preparando muito para viajar, sempre vai achar que não tem o dinheiro suficiente para realizar aquele sonho. A viagem dos sonhos tem que ser no risco e a vidente sabe disso. Ela sabe que todo mundo quer fazer uma grande viagem para um lugar distante, mas o papel dela é te dizer que você não só vai conseguir, como também vai mudar sua forma de ver o mundo quando chegar lá. Porque mesmo se você chegar lá e aquele lugar não mudar em nada sua forma de ver o mundo, você vai lembrar o que ela disse e automaticamente mudar sua forma de ver o mundo. E vai achar que ela sabia muito bem o que dizia.

◐ **Dica de manipulação:** Depois de tudo que você fez ela te falar, o que você mais quer que ela te diga, acima de tudo, é que você tem que viajar, afinal todo mundo quer viajar e conhecer vários lugares. Sendo assim, quando cansar de manipular a vidente, comece a se fazer de louca, comece a falar espanhol, chame-a pelo nome do seu pai, diga que escuta vozes, que recebe entidades que resolvem equações matemáticas enquanto você tenta dormir e que teve uma ideia pioneira de lançar um blog de moda. Tudo isso vai fazê-la acreditar que você é uma surtada, louca, estressada, que precisa de fato viajar, e ela vai te dar essa dica. E, cá entre nós, se você fez tudo isso só pra uma vidente te dizer que você precisa viajar, você realmente precisa viajar.

ENSINAMENTO #23

CATORZE MANEIRAS DE IRRITAR ALGUÉM QUE VOCÊ ODEIA MAS FINGE QUE GOSTA

Conviver com chatos faz parte do dia a dia. Um amigo seu que arruma uma namorada afetada, uma ex do seu atual que você encontra em todas as festas, algum parente insuportável... O jeito é aprender a conviver, mas quem disse que não dá para dar o troco nessas pessoas e se passar por fofa ao mesmo tempo?

Preste muita atenção nessas catorze dicas, porque elas serão úteis durante a sua vida inteira. Pessoas malas estão por toda a parte, são de todas as idades, independem de sexo e classe social. Fazer-se de tonta é praticamente uma arte, aprenda aqui:

Maneira 1

Seja desastrada, tropece na pessoa, finja que você não a viu e dê uma ombrada. Depois peça desculpa, abraçando-a bem forte, e se possível desarrume o seu cabelo "sem querer" também. Derrube drinques acidentalmente e depois corra com ela para o banheiro fingindo ajudar, e no caminho, pise no pé dela.

Maneira 2

Durante festas com música alta, fale no ouvido dela alguma coisa óbvia, mas em vez de cochichar berre bem alto: "Tá boa a festa, né?".

Maneira 3

Ligue no celular dela por engano constantemente, e quando cair na caixa postal deixe recados longos de teclas apertando e barulho de carro ou do ambiente. Aliás, deixe sempre recados longos na caixa postal dela, mesmo se precisar falar alguma coisa e, antes de desligar, repita seu telefone duas vezes, número por número, pausadamente. Nada pode ser mais mala do que isso.

Maneira 4
Compre presentes horrorosos sem precisar de datas comemorativas e faça joguinhos dando dicas para ela descobrir o que é antes de abrir. Quando ela ficar decepcionada com o presente, diga que é a cara dela.

Maneira 5
Toda vez que encontrá-la, cumprimente-a com abraços demorados e, se possível, suje a blusa dela com o seu batom.

Maneira 6
Recomende todos os shampoos, cremes e maquiagens que você odiou. Inclusive dê os seus produtos usados como se fossem presentes para ela.

Maneira 7
Indique filmes e livros péssimos e, toda vez que for indicar um livro ou filme bom, conte o final meio que naturalmente.

Maneira 8
Quando ela der festas na casa dela, seja a última pessoa a ir embora, mas antes diga que você está com sono e peça para ela fazer um cafezinho.

Maneira 9
Sempre que estiverem conversando em um grupo de amigos, conte casos constrangedores sobre ela, mesmo que eles não sejam verdade. Quando ela negar, pisque e diga: "Desculpa, não sabia que não era pra contar...".

Maneira 10
Tire várias fotos da turma toda durante a noite, mas só compartilhe as que ela saiu feia ou com o olho fechado.

Maneira 11
Sempre diga que o nariz dela está sujo, mesmo que não esteja.

Maneira 12

Passe o número do telefone dela para todos os cadastros de eventos, lojas e promoters de baladas ruins que você for.

Maneira 13

Caso você a encontre na rua por acaso, pergunte: "Você vai lá na quinta-feira?". Quando ela perguntar o que tem na quinta, mude de assunto como se ela não tivesse sido convidada para alguma festa.

Maneira 14

Quando a encontrar em festas, seja mala e fique gritando em espanhol: "Fiesta, fiestaaaaa!!!", dizendo efusivamente que a ama. Peça para experimentar o drinque dela e depois passe o resto da festa bebendo o drinque e gritando: "Te quiero, muchachaaaaa".

• ENSINAMENTO #24 •
O ENCONTRO DA ESCOLA

Você pode ter o metabolismo acelerado, ganhar cem mil reais por mês em um blog sobre você ou simplesmente ter um QI acima do normal. Todas essas coisas te fazem ser muito respeitada pela sociedade, pois você se tornou uma vencedora. Mas você só é uma vencedora mesmo quando pisa, dez anos depois, naquele salão ou naquela chácara ou no barzinho e acaba com todos eles, seus colegas populares do terceiro ano do Ensino Médio.

Passamos a vida esperando por esse dia, quando encontramos todas as pessoas que se deram melhor na viagem de formatura para Porto Seguro, enquanto a gente chorava porque um menino tinha jogado uma empadinha mordida na gente. Essas pessoas que nos viram de aparelho e, pior, têm fotos que comprovam que era do estilo freio de burro. E que também comprovam que nossa pele era ruim ou, sejamos sinceras, aquilo era um problema de acne mesmo.

Aos dezessete anos, seus planos e metas de vida geralmente incluíam pessoas desse círculo. Você seria amiga da Maria Fernanda para sempre; frequentaria as festas do clube; continuaria odiando a Fabi, que ficou com os peitos grandes e te inventou um apelido horrível; alisaria o cabelo com touca todas as noites sem saber que inventariam o alisamento japonês; e casaria com o Guto, que era sua dupla na aula de laboratório e beijava as meninas no recreio na parede atrás do maternal.

Você jamais imaginou que dois anos depois descobriria que a Maria Fernanda ficava com o Guto escondida, atrás da parede do Jardim II, e que isso acabaria para sempre com a amizade de vocês. Falando em Guto, ele virou um alcoólatra sem grana e divorciado, que te pediu dinheiro emprestado para o táxi no encontro de dez anos da escola. Algum tempo depois, o clube fechou por má administração, a Fabi peitão sumiu do mapa e o alisamento japonês virou progressiva.

Um belo dia chega o convite para o encontro de dez anos de formandos do Ensino Médio. O evento no seu Facebook começa a bombar, com atualizações de hora em hora de pessoas com quem você cresceu junto, conviveu durante anos, todas as manhãs, muito cedo, com bafo e sem maquiagem, foi praticamente mais que seu casamento imaginário com o Guto. Mas sabe-se lá por quê, um dia vocês se separaram e nunca mais se viram.

E agora você fica sabendo que o Hugo é dentista, porque o e-mail dele é hugo@odonto e que a Karina teve três filhos e não vai poder ir ao encontro porque casou com um canadense e mora lá. Seu novo passatempo é entrar escondida no perfil de um por um, vendo as fotos, lendo o mural, que músicas curtem, se tiveram filhos, qual profissão eles têm, para onde foram nas férias e, principalmente, se ficaram feios ou bonitos.

Conferir quem ficou feio ou bonito, aliás, é a razão principal para encontros de formandos de dez anos do Ensino Médio acontecer. Ninguém que marca esse tipo de evento quer realmente saber como está o Thiago ou se a Bruna está feliz. Mesmo porque, se quisessem saber como você está, não teriam esperado dez anos para entrar em contato com você.

O encontro da escola é uma curiosidade mórbida das pessoas, quase que uma gincana para ver quem se deu melhor, quem ganhou mais dinheiro e quem saiu do armário.

Quando chega o seu dia de ser finalmente convidada para o evento, pode ter certeza, aquelas pessoas só querem saber se você está na pior. E nesse momento elas também estão fuçando suas redes sociais em segredo, então edite as fotos enquanto é tempo e faça uma limpa no mural.

AS PROFECIAS DA ESCOLA: TIPOS DE POPULARES E SUAS SINAS

Nos anos 1990, parecia que nada era mais importante do que ser popular na escola, tarefa superfácil: era só ter um estojo de canetinhas melhor, pais liberais que deixavam ficar até depois das duas da manhã na festa, peitos que se desenvolviam rápido, cabelo naturalmente liso ou ter a sorte de ficar com o garoto popular e namorar com ele desde o sétimo ano (que na época se chamava "sétima série"), tornando-se assim o novo casal Brangelina do recreio. Mal sabiam essas pessoas que a vida era muito mais do que um estojo de canetinhas, e que a maldição delas estava traçada, porque o popular de então podia ser o *loser* de hoje. Que bom que as coisas mudaram, e hoje as meninas estão muito mais empoderadas — podem ser quem são, sem se preocupar com o nível de popularidade.

Os meninos dos esportes

Eles sempre eram os que ficavam mais tempo na escola para fazer todas as atividades extras. Nadavam às cinco da manhã antes da aula, faziam esgrima, handball, vôlei, corrida, futebol e escalada, tudo isso por vontade própria (imagine se você tivesse essa vontade hoje, como não seria a sua bunda?). Mas além de todo esse esforço, nos fins de semana eles viajavam para represas para fazer *wakeboard* e canoagem, com seus pais que também eram dos esportes e os deixavam mais influenciados ainda. Como ficavam doze horas na escola e faziam parte de vários times de diferentes modalidades, eles eram os mais populares por conhecer todo mundo dos dois turnos, inclusive os funcionários e as tias da cantina, que os bajulavam, porque eles lanchavam seis vezes por dia e as deixavam ricas.

Fora tudo isso, nos últimos anos do colégio, eram eles que já tinham o corpo definido, e todo mundo pirava neles. Mas isso é explicado e comprovado pela ciência, já que o porte atlético lembra os homens das cavernas que caçavam, levavam alimentos para a caverna e protegiam a família de predadores.

◐ **A sina:** Ao iniciar a vida adulta, o menino esportista percebe que é bem mais fácil ser o melhor jogador da escola do que ser o melhor da sua cidade, do seu país ou do mundo. E que para ser bem-sucedido no esporte, para se sustentar com ele, tem que ser o melhor do melhor do melhor, e não simplesmente o melhor da turma C da quinta série. Cedo ou tarde, ele tem uma desilusão muito grande com o esporte e para completamente com as atividades físicas. Vai trabalhar em escritório e seu único contato com a endorfina é torcer pelo seu time no Brasileirão. No encontro da escola, todo mundo fica chocado como ele é normalzão hoje em dia, mas ninguém comenta.

A galera do fundão

Eles nunca tiveram medo de suspensão, advertência, de ir para a diretoria ou da marquinha na pasta das advertências. Aliás, isso só os deixava mais fortes e com mais fama de "zoeira", no dia seguinte sempre faziam uma gritaria nova. A galera do fundão era popular porque o que os destacava era a atitude, e não a aparência, então tinham o respeito da classe toda e até de alguns professores, que não queriam ser motivo de piada para eles. Por isso, todo mundo os bajulava, chamava para festas, viagens, se oferecia para fazer dupla se contentando em ser o único que estuda e coloca o nome dele no trabalho, oferecia metade do lanche, carona e fazia tudo que eles mandavam.

◐ A sina: O popular do fundão nunca teve limites e precisou mostrar que era loucão desde cedo, causando na aula de Física. Era o que bebia até vomitar no bailinho, arrumando briga porque praticou *bullying* na viagem de formatura ou simplesmente porque quanto mais louca a sua turma, mais você tem que se esforçar pra se destacar dentro dela.

Depois de dar tanto trabalho para os pais e professores, ele chega na faculdade meio cansado de causar e acaba conhecendo uma menina boazinha que o aguenta e o acalma, com quem se casa. Quando você o encontra na festa de dez anos de formados, já espera que ele vá te jogar fezes de gato e rir da sua cara, mas ele é um fofo atencioso e diz: "Nossa, que bom te ver. Fica com Deus".

O hiperativo que senta na primeira fileira porque o professor mandou

Ele era um mix de esportista, com galera do fundão, com garoto normal, com a diferença de que aprontava sozinho, sem precisar de uma galera. Respondia coisas absurdas para o professor, mostrava a bunda, perdia todos os trabalhos e era expulso de todas as escolas, porque já não o aguentavam mais. Isso o fazia ter um ar de mistério em cada escola que chegava, afinal ele já chegava sem nenhuma timidez. Todo mundo queria ser seu amigo e, mesmo que não fosse bonito, as meninas acabavam interessadas por ele, porque ele tinha presença de palco.

◐ **A sina:** Depois de ser o hiperativo da faculdade e não se fixar em nenhum trabalho, ele faz um canal de stand-up no YouTube com tiradas inteligentes, tipo as que fazia para a professora de Química. Com 1 milhão de acessos em cada vídeo, ele fica famoso e vira apresentador e humorista de TV. Na festa de dez anos de formatura, ele não aparece. Mas é o assunto de todas as rodinhas.

As loiras de olhos azuis

Nos anos 1990, quase todas as beldades do cinema e da tevê eram loiras de olhos azuis, espécie rara no Brasil. Talvez por isso, na escola as loiras de olhos azuis sempre atraíam olhares. Elas podiam nem querer chamar atenção, podiam ser tímidas, ou até chatinhas, mas todo mundo pagava pau pra elas. Até alguns professores as tratavam de maneira melhor porque eram loirinhas, inventando apelidos fofinhos, como se elas fossem mais delicadas por isso. A popularidade delas era simplesmente porque todas as pessoas de todas as séries e todos os funcionários da escola as paravam e diziam: "Nossa, menina, olha esse olho, parece de mentira".

◐ **A sina:** De saco cheio de seu único valor serem os olhos azuis e cabelo loiro, a popular loirinha de olho azul da escola resolve estudar muito e se afundar nos livros para provar que ela é muito mais. Fica quatro anos no cursinho e quando passa em uma federal se esforça muito e emenda com um MBA. No encontro da escola ela é uma empresária bem-sucedida de olhos azuis, frustrada com aquela gente que continua apenas comentando da cor do seu olho.

COMO BRILHAR NO ENCONTRO DA ESCOLA

Nem sempre os anos passam e nos tornamos o que tínhamos planejado, seja profissionalmente, na vida pessoal ou no casamento com o Guto. Geralmente, não acontece nem pra gente nem pro resto da escola. Aliás, o encontro de dez anos de formandos faz muito bem pra autoestima, porque gera um conforto. Se você estiver em casa se sentindo mal, vá até lá para conferir de perto quem está pior.

Mas saiba que no momento em que pisa naquele local, a imagem que passa para aquelas pessoas é a que vai permanecer pelos próximos dez anos em suas mentes. Vão esquecer completamente de quando você menstruou na cadeira na frente da sala toda, de quando era BV (boca virgem) e ficou com o Danilo mas esqueceu de tirar o aparelho móvel para beijar e de quando sua mãe te buscou de pijama no baile da vassoura.

A memória das pessoas é curta, ainda bem! Por isso invista nesse encontro, ele pode salvar sua reputação e fazer você colher novos frutos. Não sabemos quais, mas queríamos usar essa expressão no livro.

Se você ainda não teve filhos

Filhos também são muito importantes em encontros da escola. Eles são usados como medida de sucesso para mostrar quem tem poder aquisitivo maior, afinal ter um filho é muito caro. Na hora de esbanjar riqueza, vale muito mais uma foto *fake* dele na Disney do que uma bolsa Chanel verdadeira. Mas é claro que você tem um filho, aliás, você tem vários, imaginários também — porque a sociedade parece que nunca vai entender que não há nada de errado com uma mulher que não quis ter filhos.

E o seu poder aquisitivo é tão alto que eles estão fora do país, de férias na Disney Japão, acompanhados das babás. E mesmo que o encontro seja em um mês estranho para ter férias, faz todo o sentido, pois a escola deles tem um sistema polonês de educação, com um calendário muito diferente do Brasil, pra evitar o rush das férias da maioria das crianças.

Não basta citar a viagem e os nomes de cada um, você tem que mostrar fotos que comprovem. E a foto dos seus filhos é o seu fundo de tela no celular, que encontrou dando *searches* em *"happy children"*, e durante a festa a babá número dois deve te ligar para dizer que está tudo bem e que eles já estão na cama, pois afinal estão do outro lado do mundo e lá já é noite.

Se você não está na profissão ideal

Quase ninguém está na profissão ideal no mundo. Mesmo quem está numa profissão muito boa tem milhões de infelicidades e dúvidas sobre aquilo e vive se perguntando se não deveria largar tudo e trabalhar em um bar em Nova York. Mas também ninguém gosta de admitir que dez anos se passaram e não conseguiu nada do que desejava profissionalmente.

Se esse for o seu caso, só uma resposta funciona para aquelas pessoas: você trabalha em um órgão de segurança secreta do governo. E infelizmente é só isso que você pode revelar, pois as informações são sigilosas e sua vida correria risco.

Se você está no cheque especial

A única pessoa que te liga é o gerente do banco, mas nem assim você atende, por medo do que vai ouvir. O vizinho te cobra aquele dinheiro emprestado e você foge do síndico do prédio porque está devendo condomínio. Normal, para quase todo mundo ali inclusive. Mas ninguém gosta de mostrar que não ficou rico e bem-sucedido e, pior, ninguém gosta de mostrar que está na pendura.

Uma vez que você já chegou ali de ônibus, parou dois pontos antes do lugar para ninguém ver você saltar, inventou que só achou vaga muito longe e pretende fingir que roubaram seu carro à noite depois da festa para pegar uma carona, o que não pode acontecer jamais é você ter que pagar qualquer coisa nessa festinha. É uma regra nesse tipo de festa que se passe o chapéu em algum momento para comprar mais carne, mais cerveja, mais gelo. Além do preço fixo para entrar ali.

Para não gastar nada, chegue chorando, dizendo que acabou de ser assaltada e levaram sua carteira. Aliás, aproveite e já diga que levaram o carro que parou duas ruas atrás também. Assim já garante a carona logo e não precisa se preocupar com essa mentira mais tarde.

Se você é única que não casou

Assim como filhos, casamento é uma prova de riqueza e status social na vida das pessoas. Dez anos depois, quando você é a única que não gastou uma bolada de dinheiro dando uma festa, as pessoas te olham como se você tivesse algum problema ou como se fosse uma mendiga.

Fingir que se casou, para acharem que você tem dinheiro, é muito fácil. Afinal, seu marido ricaço imaginário quis que a festa de vocês fosse discreta, com convidados selecionados e riquíssimos, que não permitiram nenhuma foto nas redes sociais nem menção a estranhos.

• ENSINAMENTO #25 •

Como parecer intelectual sem ser

xistem dois tipos de intelectuais: o intelectual de verdade, mas que você não entende nada do que ele fala ou escreve, sente-se humilhada e meio ignorante por não conhecer palavras como "tergiversar", que ele fala com a maior naturalidade; e o intelectual de fachada que, assim como você, não sabe o que "tergiversar" significa, mas tem boa memória e guarda palavras-chave que ouve por aí para usar em conversas e ser muito respeitado.

As pessoas intelectuais estão no mundo para apontar os absurdos ou as coisas mais normais da vida e transformá-las em absurdos de tão grandiosas, já que usam termos complicados e refletem sobre cada aspecto. Refletir é muito intelectual. Refletir é, para os intelectuais, o que pensar é para nós, pessoas comuns. E mais do que refletir, eles filosofam.

Conversar com um intelectual é tão difícil que você não sabe nem o que dizer, pois nunca sabe se ele está falando sobre uma coisa, uma pessoa, um movimento artístico ou simplesmente te fazendo uma pergunta ou afirmação.

Eles também sentem prazer em te questionar o tempo todo se você conhece o autor tal, se já leu tal livro, se já visitou aquela exposição, se já viu aquele filme de um diretor iraniano — mesmo tendo certeza de que ninguém com quem conversaram até hoje, tirando os amigos intelectuais deles, ouviu falar de nada daquilo.

Questionar é o primeiro passo para se tornar um intelectual. Jamais pergunte, sempre *questione*. Sobre a vida, sobre o sistema, sobre como nós chegamos aqui e a grandiosidade do Universo. E para ser aceita em uma turminha de intelectuais, sejam eles verdadeiros ou de mentira, você tem que passar pelo processo seletivo deles, ou seja, ser muito questionada sobre coisas que jamais ouviu falar.

Você só passa por esse processo seletivo se lançar outros questionamentos, mesmo que sejam absurdos e sem sentido. Quanto mais sem sentido for a frase que você disser, mais eles ficarão intrigados com a sua pseudointelectualidade e mais acreditarão nela. Até porque intrigado é uma coisa que só um intelectual fica.

Citar datas nada a ver, irrelevantes, e muito, muito antigas, dá sempre a impressão de que você sabe muito bem o que está falando. E que domina não apenas as últimas décadas que viveu, como também está por dentro de todos os séculos, desde 4.000 a.C.

Para facilitar a sua intelectualidade, tenha sempre na manga essa lista de palavras-chave que causam boa impressão e podem ser usadas em jantares de colecionadores de arte, mesas de bar com a galera do mestrado em Ciências Sociais, revolucionários e guerrilheiros, cantores da Tropicália ou qualquer namorado chato, metido a inteligente que uma amiga sua arrumar.

TUTORIAL DE COMO MONTAR FRASES INTELECTUAIS

Escolha pelo menos duas palavras dessa lista e as acrescente no meio de qualquer frase quando estiver conversando com intelectuais e pseudointelectuais. Mesmo que você saiba que a frase não significa nada, basta falá-la com convicção. Isso também vale para as redes sociais, em que quanto mais você falar coisas sem sentido, mais será respeitada.

Exemplo 1

É como a situação que está se passando na *Coreia do Norte*: é uma espécie de *aniquilação* da era *mesozoica* que atinge as *minorias*.

Exemplo 2

Eu acho que a indústria têxtil brasileira se beneficiou muito com o crescimento das *cooperativas*. Apesar da *inflação*, não vemos uma *conscientização*, e eu acredito que pode levar a uma *cassação* no *Ministério Público*.

Exemplo 3

Eu concordo em parte. Acredito que na questão do *cristianismo*, a indústria se apoia no comércio e no *subsídio*, o que é intragável.

PALAVRAS, TEMAS E EXPRESSÕES INTELECTUAIS QUE NUNCA SAEM DE MODA

- Coreia do Norte
- aniquilação
- mesozoica
- cooperativas
- inflação
- ignóbil
- conscientização
- cristianismo
- subsídio
- predominantemente
- indústria
- Ministério Público
- cassação
- Eça de Queiroz
- educação
- pedante
- ecossistema
- sustentabilidade
- OTAN
- dicotomia
- Polícia Federal
- inócuo
- FMI
- escolaridade
- Irã
- Suriname
- loquaz
- Senado
- inflação
- embasamento
- peculato
- *illuminati*

- abnóxio
- suplentes
- sucessão presidencial
- STF
- diretrizes orçamentárias
- deduções estatuárias
- súcia
- promotoria
- distribuição de royalties
- energia renovável
- União Soviética
- eritroblastose fetal
- artrópodes
- triássico

• ENSINAMENTO #26 •

A MENTIRA NAS REDES SOCIAIS

ste ensinamento não deveria ter esse título redundante, porque não existem redes sociais sem mentiras.

Todos que já viram fotos do Orkut Büyükkökte (o criador do Orkut) e do Mark Zuckerberg (criador do Facebook) entendem o porquê do esforço de criar um mundo onde podemos ser mais bonitos e ricos dentro de uma banheira tomando champanhe.

No começo até nos esforçávamos para falar a verdade quando entrávamos em comunidades do Orkut, ingenuamente, conversando com pessoas do mundo inteiro sobre assuntos que, muitas vezes, queimavam o filme, sem nenhum cuidado com o que escrevíamos e nenhum medo de nos expor.

Talvez pelo layout mais clean do Facebook e pelas pessoas que começaram a usar o Orkut para fazer perfis maldosos, ameaças e aceitar *testimonials* sem noção, quando chegamos no Face nos sentimos mais intimidadas para abrir a vida. Tudo começou a ficar mais difícil, com mais links, mais páginas e mais funções, além de pela primeira vez ser muito restrito, apenas para quem conhecíamos.

Nos últimos anos fomos treinadas a agir de caso pensado. Abandonamos aqueles amigos que nunca vimos da comunidade "Remédio tarja preta" e todas as fotos sem maquiagem e de roupa feia que tirávamos em câmeras digitais, e nos tornamos pessoas que só podem ser felizes, bonitas, críticas, viajadas e entendidas de música.

Hoje, se você escrever em uma rede social que está chateada, as pessoas vão te achar depressiva, e depressiva é muito distante de chateada, como você e todos os psicólogos do mundo bem sabem. A verdade é que você tem que estar feliz, muito feliz, mais feliz do que o normal de feliz, mais feliz do que se sente quando nasce um filho seu, todos os dias, o tempo todo. E tem que ser feliz besta, amorosa, do tipo que gosta de todo mundo e manda corações o tempo todo, para qualquer pessoa que tem preguiça na vida real.

Inclusive o coração, que no passado já foi um símbolo do amor, hoje é usado para mandar respostas rápidas para alguém que você não está a fim de escrever qualquer palavra.

Quando começamos a usar o Twitter, ainda tínhamos um resto de ingenuidade do Orkut, que nos fazia contar o que almoçávamos, como estávamos nos sentindo e quando levávamos um pé na bunda, com detalhes e nomes. Também falávamos mal do emprego, do chefe, de pessoas conhecidas e de famosos, porque achávamos que era uma terra de ninguém, e era mesmo.

Hoje ninguém conta na *timeline* que está triste porque terminou — as pessoas mandam indiretas. Ninguém fala o que realmente está sentindo, pois todos se sentem bem, maravilhosos, fingem que estão programando a próxima viagem, frequentando festas exclusivas, dando *check-in* nos lugares que vão, como se fosse interessante saber quem foi onde.

Se você falar mal do chefe ou do emprego, não só fica desempregada como também nunca mais arruma um trabalho na vida, em nenhum outro país, porque as redes sociais também mostram quem conhece quem. Mesmo se você for para a Romênia tentar recomeçar a vida, alguém vai conhecer alguém que conhece alguém que conhece seu ex-chefe, e vai contar por *inbox* que você o criticou na internet.

Já estava de bom tamanho a paranoia que criamos no Twitter, fingindo o tempo todo sermos engraçadas, críticas, inteligentes e ocupadas, e aí apareceu o Instagram para acabar com tudo.

Nossa vida, que ainda era 30% real, virou uma completa mentira. Nossa pele nunca mais teve cor de pele, ela agora é Valencia, mas muitas vezes é Earlybird. Nossos cachorros não são mais o melhor amigo do homem, são objetos de exposição para competir quem tem o cão mais fofinho. Os filhos também servem para isso, e quem tiver um bebê gordinho e sorridente será eterno naquele aplicativo ou eterno enquanto o bebê não crescer e se tornar um adolescente desproporcional.

Pedimos comida pensando em tirar foto: muitas vezes trocamos um risoto por *cheeseburger*, só porque o *cheeseburger* é muito mais fotogênico, além de risoto parecer vômito. E engordamos muitos quilos, de tantas sobremesas que clicamos e comemos. Depois emagrecemos, só pra poder frequentar a academia e tirar fotos no espelho dela. Ninguém nunca mais se concentrou no pilates, porque estamos muito preocupadas tirando fotos de ponta-cabeça para colocar o filtro Brannan e criar hashtags do tipo #pilates #instavibe #saúde #justme #projetoverão.

Namorar também nunca mais foi a mesma coisa, porque cada estágio do relacionamento do casal precisa ser registrado. Desde o primeiro beijo até a primeira viagem com a família. Desde o presente que ele traz quando viaja até o anel do noivado, o casamento, a lua de mel em detalhes. E se rolar um divórcio precoce, não nos desesperamos mais, é só postar a foto de um livro de autoajuda e uma paisagem bonita que todos vão acreditar que está tudo bem.

Mas passamos tantas horas por dia mentindo sobre ser feliz que nós mesmas começamos a acreditar. Agora não conseguimos nem mais encontrar os amigos e curtir o momento, porque estamos muito ocupadas olhando o celular e bolando um post para mostrar na próxima foto o quanto somos felizes, legais e conversamos quando estamos juntos, sendo que cada um está olhando pra uma telinha e contando o número de *likes* que recebeu em uma foto ou frase, para saber se é querido ou não.

E mesmo sabendo tudo isso, e nos achando loucas, não pretendemos mudar. Muito pelo contrário, queremos mentir muito mais. Vai que pensando dessa forma tão otimista e positiva e fingindo que somos maravilhosas, absolutamente felizes e ricas, não nos tornamos isso finalmente?

Lista de desculpas

- Pessoas que gostam de *cupcake*
- Pessoas que fazem *cupcake* em casa e postam fotos
- Blogueiras de moda de *look* do dia
- Blogueiras que têm blogs com seu nome no título
- Pessoas que comunicam o noivado no Facebook
- Pessoas do mundo da moda que não são ninguém mas que fingem ser alguém
- Pessoas do mundo da moda que estão sempre corridas

- Pessoas do mundo da moda que sentam na primeira fila e não podem dar risada
- Blogueiros de *street style*
- Fotógrafos de blogs de *street style*
- Assessores imaginários
- Assessores chamados Claudinho
- *It girls* que acordam e colocam o primeiro look que encontraram no armário
- Pessoas que usam calça saruel
- Criador da calça saruel
- Homens que usam tiara
- Homens que usam pochete
- Pessoas que gostam de quadros de *pop art* da Marylin Monroe vendidos em feiras
- Pessoas que gostam de qualquer quadro de *pop art* vendido em feiras
- Meninas que usam *baby look* escrito "Princess" com strass pink
- Pessoas que expõem seus relacionamentos nas redes sociais em horário comercial
- Pessoas que expõem seus relacionamentos nas redes sociais em horário não comercial
- Casais que têm perfis juntos em redes sociais

- Pessoas *cool* que falam metade inglês, metade portugês, metade polonês
- Bandas *indie* com nomes gigantes em inglês
- Pessoas que postam fotos de taças no Instagram
- Ex-namoradas dos nossos atuais namorados
- Ex-namoradas dos nossos ex-namorados
- Ex-namoradas dos nossos futuros namorados
- Sogras
- Ex-sogras
- Futuras sogras
- Cachorros que não saem bonitos nas fotos
- Pessoas que tocam gaita, flauta, saxofone ou bongô
- Pessoas que curtem papel machê
- Casais
- Solteiros
- Nossas melhores amigas e seus namorados ou ex-namorados
- Nossos amigos gays
- Nossos amigos héteros
- Pessoas que curtem jazz
- Pessoas que citam frases em latim

- Mulheres que se chamam Pâmela
- Mulheres que se chamam Núria
- Tias que perguntam por que ainda estamos solteiras
- Professores de academia
- Pessoas tatuadas
- Pessoas tatuadas com tatuagens feias
- Pessoas com nome de ex tatuado
- Tatuadores
- Chefes
- Ex-chefes
- Fulanas do RH
- Pessoas que nos deram fora na firma
- Pessoas que podem vir a nos dar foras na firma
- Pessoas que atacam de DJ
- Pessoas do teatro
- Cantores de musicais
- *Chefs* de cozinha
- Pessoas que puxam papo em aviões
- Cartomantes, videntes e astrólogas
- Amigos da escola que ainda são nossos amigos
- Amigos da escola que não vemos há anos e stalkeamos no Facebook

- Intelectuais
- Falsos intelectuais que acreditam ser intelectuais
- Pessoas que curtem filmes iranianos
- Orkut Büyükkökten
- Mark Zuckerberg
- Pessoas felizes em redes sociais
- Minorias sociais
- Redes sociais

Este livro foi impresso em 2024, pela Umlivro,
para a HarperCollins Brasil. A fonte usada no miolo
é Abril Text 12/14. O papel do miolo é pólen natural
80g/m², e o da capa é cartão 250g/m².